너에게 하고 싶은 말

너에게 하고 싶은 말

김선희 소설

청색종이

작가의 말

　한옥직업학교는 숲 한가운데 있었다. 작업장을 둘러보고 사람들 틈에 섞여 대팻날을 갈았다. 고무 대야를 중심으로 둥글게 쪼그려 앉아 대야에 담긴 물을 손으로 떠 마른 숫돌을 적시고 숫돌 위에 날을 세웠다. 숫돌과 날 사이에 고여 있던 물기가 흘러내리고 숫돌과 날이 밀착된 순간 날을 밀어냈다. 요령이 없던 나는 작업이 끝날 즈음 리드미컬한 손맛을 조금 맛보았다.

　초고는 동현이 한옥직업학교로 떠나는 결말이었다. 글이 끝나는 시점에 새로운 이야기가 시작되듯 동현과 윤제의 이야기는 한옥학교를 중심으로 풀어갔다. 한옥이 완성되는 과정은 아이들이 성장하는 여정과 닮았다. 개작을 하는 과정에서 많은 인물이 나타났다 사라지고, 갈등 구조가 바뀌면서 이야기가 모습을 갖춰갔다. 하나의 정답만 강요하는 사회에서 동현과 윤제, 따완같이 소외된 이들의 이야기를 하고 싶었다.

　수없이 공모에 떨어졌다. 동현과 윤제가 머물 수 있는 공간은 내 노트북뿐이었다. 첫사랑을 들춰보듯 가끔 아이들을 불러냈다. 처음 쓴 장편 소설이기에 버릴 수도, 잊을 수도 없었다.

몇 년 동안 노트북 안에서만 숨쉬던 이야기가 세상에 나오게 되었다. 기쁘다. 누군가에게 내 이야기가 읽힐 수 있다는 사실에 설렌다. 버티다보니 글 쓰는 사람이 되었다. 애증의 시간을 견뎌낸 결과라 믿는다.

앞으로도 버림받지 않기를 간절히 바라며 소설을 써나갈 것이다.

소설을 출간할 수 있도록 도와주신 청색종이 출판사 김태형 대표님께 감사드린다. 덕분에 첫 책을 안아볼 수 있게 되었다. 늘 격려해주신 조동선 선생님과 문우들에게도 감사한다. 소설을 쓰며 만난 이들과의 추억이 모두 귀하다.
승환과 서연에게도 감사의 마음을 전한다. 묵묵히 기다려준 아이들 덕에 여기까지 올 수 있었다. 고맙고, 사랑한다고 말하고 싶다.

2023년 10월
김선희

차례

너에게 하고 싶은 말

김선희 소설

작가의 말　5

1. 그의 소식을 듣다　9

2. 손가락을 잃다　31

3. 따완을 만나다　45

4. 사랑이었을까　68

5. 다시 한옥학교로　100

6. 뒤늦게 알게 된 것들　120

7. 사랑을 말하다　147

1. 그의 소식을 듣다

 톱 손잡이를 움켜쥐고 나무껍질을 벗겼다. 거친 더께가 잘려나간 나무의 속살을 먹선에 맞춰 깎았다. 날카로운 기계음에 신경이 곤두서고 등줄기는 땀으로 흥건했다. 전원을 끄고 한숨을 돌렸다. 이번에는 전동대패를 들고 먹선이 보이지 않을 정도로 둥그런 모양을 잡아갔다.

 손대패로 전동대패 자국을 지울 차례다. 나무의 결을 따라 조심스레 대패를 끌어당겼다. 사르락사르락. 귀를 간질이는 소리에 굳어 있던 어깨가 부드러워졌다. 얇게 말린 나무의 살이 대패 주위로 흩어졌다. 톱밥을 털어내고 짙은 고동색 무늬를 쓰다듬었다. 소나무 향이 콧속을 파고들고 매끈하게 쓸리는 순한 질감이 손바닥을 감쌌다. 나무를 깎고 다듬는 동안은 숲 한가운데 들어앉은 듯 평온하다. 햇살을 머금은 초록은 눈부시고 이파리에 머물던 바람이 머리칼을 흔들고 지나간다. 나는 바람이 되고 나무가 된다. 감각과 하나가 되는 세상에서 나는 더할 나위 없이 행복하다.

-좀 쉬었다 해.

민우 형의 목소리에 아득했던 정신이 돌아왔다. 형이 내 목덜미에 묻은 톱밥을 수건으로 털어주었다. 형과 작업장을 나왔다. 잔뜩 찌푸렸던 하늘이 비를 뿌리기 시작했다.

-대차게 내리네.

형이 주머니에서 담배를 빼 물었다. 사선으로 긋는 빗줄기는 난폭하고 잿빛 하늘 아래 산은 검푸르다. 거센 바람에 숲이 출렁거렸다. 휘청휘청 꺾이는 가지에 매달린 무성한 이파리들이 떼로 비명을 질렀다. 빛이 사라진 세상은 섬뜩했다. 어둠으로 뒤덮인 산은 살아 있는 것들을 남김없이 삼켜버리고 시치미를 떼고 있다. 나는 서늘해진 목덜미를 두 손으로 문질렀다. 형이 길게 한숨을 내쉬었다.

-웬 한숨이에요?

-헤어진 애인 생각나서.

-많은 날 중에 왜 하필 이런 날 보고 싶어요?

-마음이 저 바람처럼 제멋대로 널뛰잖아. 너는 생각나는 사람 없어?

비가 거세게 쏟아지는 날이었다. 물먹은 바지는 다리에 들러붙었고 발목을 타고 흐른 빗물에 양말까지 축축했다. 비를 피해 건물 안으로 뛰어 들어갔다. 우산을 접고 머리칼을 터는데 나와 비슷한 몰골의 아이가 옆에 섰다. 키가 크고 덩치도 커다란 그 아이는 윤제였다.

　-형 저도 한 대 줘요.
　-자식, 금세 센치해지네.

　형이 담배에 불을 붙여주며 웃었다. 나는 담배를 깊게 빨았다. 형은 갑자기 담배를 찾는 사연을 묻지 않았다. 천천히 연기를 뱉어내며 윤제를 떠올렸다. 우리는 같은 반이라는 걸 한눈에 알아봤지만 서로 어색하게 웃고 말았다. 언제쯤 빗속으로 나가야 할까 가늠하는 중에 윤제가 가슴에 꼭 끌어안은 책이 보였다. 시선을 의식한 윤제가 책을 내게 내밀었다. 현대건축의 이해. 제목도 난해한 책을 윤제는 비에 젖을까 비닐로 감싸 조심스레 다뤘다. 불쑥 윤제가 자신의 꿈이 건축가라고 말했다. 그제서야 녀석이 들고 있는 책이 남달라 보였다. 우리는 2층으로 이어진 계단에 붙어 앉아 잡지를 펴고 여러 건축물을 보았다. 신이 나서 설명하는 윤제의 모습이 신선했다. 학교에서도 집에서도 학원에서도 온통 모의고사 이야기로 쓰레기통 같던 머릿속이 환해지는 기분이었다. 윤제는 헌책방에 다녀오는 길이라고 했다. 나는 과외 수업을 빼먹고 목공예 학원을 다녀오는 길이었지만 사실대로 말하지 않았다. 자신의 꿈에 확고한 윤제 앞에서 단순히 마음이 편해진다는 이유로 나무를 파다 온 내가 하찮아 보였다.

-분위기 그만 잡고 일해.

등 뒤에서 형철이 아저씨 목소리가 들렸다. 나는 반쯤 남은 담배를 힘껏 빨고는 빗속으로 던졌다. 허공으로 날아간 담배꽁초는 순식간에 사라졌다. 내가 나무를 깎는 시간, 윤제는 칠판에 눈을 붙이고 필기 중일 거였다. 이제는 윤제와 함께할 수 있는 것이 없다. 가끔 기억 속에 떠올리는 것으로 족해야 한다. 오랜 시간이 흐른 뒤에도 윤제는 내 머릿속에 머물 것 같다. 윤제에게도 나라는 존재가 그러리라 믿는다.

점심을 먹고 다시 한번 치목 과정에 대한 설명을 들었다. 거친 껍질 안에 나무는 다양한 단면을 가지고 있다. 거칠게 쓸리고 뭉개진 흔적이 박힌 나무가 있는가 하면 기암절벽 같은 무늬가 연속으로 이어진 나무, 유난히 잡티 없이 말간 속을 보여주는 나무도 있다. 생채기가 많은 나무일수록 살아남으려는 흔적이 치열하다. 칼에 베이거나 총탄이 박힌 나무는 자르고 보면 상처 주위로 나이테가 조밀했다. 살기 위해 나이테들이 오밀조밀 붙어 성장한다는 말을 듣고 나는 나무의 상처에서 눈을 뗄 수 없었다. 스스로 상처를 치유하기 위해 성장을 멈춘 나무를 보며 사람이나 나무나 상처의 흔적이 고스란히 남는다는 사실에 마음이 무거웠다. 내 나이테는 어떤 모양을 하고 있을까. 뒤죽박죽 섞인 혼란의 시간이 오롯이 새겨져 있을 거였다. 이리저리 자리를 옮겨가며 나무를 매만지는 사이 톱밥은 쌓이고 기둥이 완성되었다. 실제 집을 지을 수 있는 기둥이 내 손끝에서 나왔다는 사실이 믿기지 않았다.

  저녁 식사 후는 자유 시간이다. 민우 형은 세면장에서 날을 갈고, 나는 인강을 듣다 방을 나왔다. 숙소 벽에 기대앉아 어둠을 바라보았다. 등 돌린 채 웅크린 산은 또 다른 세상이다. 괴기스러운 온갖 것들이 어둠을 등에 지고 활개를 치며 그들만의 축제를 벌이고 있는 것만 같다. 방에서는 형철이 아저씨가 휴대폰에 대고 소리를 질러댔다. 뭐 춤을 추러 다녀? 그 새끼가 단단히 미쳤구만. 아저씨 목소리가 방문을 흔들고 밤하늘에 쩌렁쩌렁 울렸다. 강사의 목소리는 형철이 아저씨의 새된 소리에 묻혔다. 숙소를 벗어나 주차장 쪽으로 걸었다. 주차장은 어두컴컴했다. 자동차들의 윤곽은 희미했고 달빛에 드러난 정자는 고즈넉했다. 정자에 기대 하늘을 올려다보았다. 소금 가루 같은 별들이 검은 하늘에 흩날렸다. 별 하나하나에 눈을 맞추듯 하늘에서 눈을 떼지 못했다. 아버지는 늘 내게 말했다. 사내자식이 너무 감상적이야. 아버지 말처럼 나는 감수성이 꽤 풍부한 편이었다. 아버지에게 감수성은 약골의 또 다른 말이었고 내가 강하고 단단해지기를 바라는 아버지 앞에서 감수성은 감추어야 할 치부였다.

주머니 속 휴대폰이 울렸다. 모르는 번호였다. 전화를 받지 않았다. 한옥학교에 들어오면서 모든 연락을 끊었고 바뀐 번호를 아는 사람은 가족뿐이다. 잠시 뒤 같은 번호가 화면에 떴다. 긴장한 채 전화를 받았다.

-동현이 핸드폰 아닌가요?

-종태…냐?

조심스러웠던 종태의 목소리는 금세 활기를 띠었다. 종태는 엄마에게서 전화번호를 알게 되었다고 말했다.

-그래 헐렸다. 우리 할머니 허리까지 다쳐가며 시청 앞에서 시위했는데. 씨발, 우리가 뭐 힘 있냐. 나가라면 나가고 까라면 까야지. 학교에서 좀 멀어. 방 한 칸짜리로 이사했어. 이젠 할머니랑 같이 잔다. 야, 니 얘기 좀 해봐. 어쩌다 거기까지 갔냐? 학원 다닌다던 놈이 산에는 나무하러 간 거냐? 너무 파격적인데.

-내가 나뭇꾼이냐, 한옥 짓는 거 배우는 중이다.

깐족대던 종태가 갑자기 목소리를 가다듬었다.

-야, 진짜 빅뉴스. 산속에 있어도 알 건 알아야지. 윤제 새끼 말야. 이름 들으니까 기분 드러운 건 알겠는데, 그 새끼가

크게 사고쳤다.

　윤제 이름을 듣고 자리에서 벌떡 일어섰다.

　-사고치다니, 무슨 일인데.

　-그게. 이윤제 새끼가 말야. 아파트에서 뛰어내렸대. 야, 듣고 있냐?

　-개새끼. 간만에 전화해서 장난질이냐?

　-진짜야. 나도 어제 들은 얘기야. 지 방에서 몸을 날렸대.

　윤제 집은 15층이었다. 방 창에서 뛰어내렸다면 결과는 뻔했다.

　-그래서… 어떻게 됐는데.

　목구멍에 걸렸던 말이 간신히 튀어나왔다.

　-병진이 말로는, 너는 모르는 애야. 걔가 같은 아파트에 살거든. 하튼 자동차 위로 떨어졌는데 발견됐을 때 살아는 있었다나봐. 앰뷸런스 오고 난리가 아니었대. 야, 듣고 있는 거야? 자동차가 피범벅이 돼서 씨벌겠데. 병진이 새끼는 엄마 몰래 나갔다가 본 거지. 숨은 붙어 있었다는데, 모르지. 앰뷸런스 실려가다 뒤졌을 수도 있고. 어른들이 살기는 글렀다고 했대. 아파트가 온통 윤제 새끼 얘기였다더라. 야, 말 좀 해봐. 하긴 나도 듣고 확 깼는데 너도 충격이 크겠다.

　-죽은… 거야?

-그러지 않았겠냐? 머리가 개박살이 났는데 살아도 끝난 거지. 아무리 재수 없는 새끼라고 해도 죽었다는 말 들으니까 좀 그렇더라. 아 왜 승질이야. 죽은 거랑 뭐가 달라. 거기 산속이라며. 기도나 해줘라. 잘 가라고.

-개소리 까지 마.

나도 모르게 소리를 질렀다.

-승질은. 집에는 안 오냐? 오면 연락 꼭 해라. 손님 온다, 끊을게.

전화가 끊어졌다. 나는 화면이 꺼진 전화기를 가만히 내려다보았다. 종태에게 전화가 왔다는 사실도, 종태가 전해준 윤제 이야기도 믿기지 않았다. 책상 위에 웅크리고 누워있던 윤제의 뒤통수가, 수업 시간 얼핏얼핏 스치던 윤제의 얼굴이 어둠 속에서 튀어나왔다. 나는 바닥에 주저앉아 최대한 몸을 작게 말았다. 온몸이 와들와들 떨리고 혀가 말려 들어간 것처럼 아무 소리도 나오지 않았다. 얼마나 그 자리에 있었는지 모른다. 나를 찾는 민우 형의 목소리에 일어서려 해도 다리에 힘이 풀려 설 수가 없었다.

-너 괜찮아? 핏기가 하나도 없어.

형이 다가와 나를 일으켰다. 말이 나오지 않았다. 나는 잃어버린 엄마를 만난 아이처럼 형의 가슴에 얼굴을 묻었다. 후

두둑 눈물이 터져 나왔다. 형은 말없이 나를 품에 안아주었다. 등을 다독이던 형의 손길에 버티고 있던 힘마저 스르르 빠져나갔다. 나는 형에게 업혀 방으로 돌아왔다.

눈을 떴을 때 방 안에는 아무도 없었다. 문이 열리고 황 교수님이 방으로 들어왔다. 교수님은 나를 식당으로 데려갔다. 무슨 맛인지도 모르고 밥을 욱여넣었다. 오후 작업에서도 나는 제외되었다. 작업장 뒤쪽으로 이어진 산길을 올랐다. 앞선 기수가 채 완성하지 못한 건물과 나무더미를 지나 공터에 도착했다. 시야가 확 트인 그곳에서는 겹겹이 둘러싸인 능선이 한눈에 들어온다. 수묵화처럼 부드러운 능선을 보고 있으면 머리가 맑아지고 답답한 속이 시원하게 뚫린다. 공터에는 정적이 흘렀다. 세상은 아무 일도 일어나지 않은 듯 평온했다. 휴대폰을 열고 윤제의 번호를 하나씩 눌렀다. 받을 수 없다는 목소리가 흘러나왔다. 발신 번호 제한으로 걸려왔던 전화가 떠올랐다. 정체를 숨겼던 번호는 윤제였을까. 심장이 뜨겁게 달구어지며 조여들었다.

윤제와 나는 오래 사귀었던 친구처럼 가까워졌다. 윤제는 항상 내 옆에 있었다. 학원에서, 시장통 붐비는 사람들 틈에서, 편의점에서 라면을 먹을 때도, 내 옆에는 덩치 큰 윤제가 있었다. 우리는 건축박람회가 열리면 전시가 끝날 때까지 몇 번이고 보러 갔다. 특이하고 멋있는 건축물을 보러 도시 투어를 한 적도 있었다. 대학로의 극장이며 명동성당, 리움 미술관과 건축사무소 사옥과 한옥마을까지, 화제가 된 건축물을 틈만 나면 보러 다녔다. 아버지 몰래 목공예 학원을 갈 수 있도록 알리바이를 만들어준 것도 윤제였다. 윤제와 가까워지면서 조각에 대한 열정도 커졌다. 우리는 농담 삼아 건물은 윤제가 짓고 창틀의 나무 조각은 내가 만들어 세계에서 가장 아름다운 건축물을 만들자고 약속했다. 윤제의 부모님은 윤제에게 의사가 되라고 강요했지만 윤제 가슴에는 건축가의 꿈이 자리를 잡고 있었다. 함께 이루고 싶다는 소망이 윤제와 나를 단단하게 엮어주었다.

    종태와 나, 윤제, 현기와 성욱이는 시험이 끝나면 '브라더스'에 모였다. 현장학습 때문에 학원을 가지 않은 날이나 시험 공부를 빌미로 모이기도 했다. 학교에서 경사진 골목을 내려오면 시장통과 연결된 주택가가 나왔다. 다세대 집들을 지나 교회를 거쳐 내리막길을 내려가면 시장과 연결된 대로변이었다. 시장을 지나 횡단보도를 건너면 바람에 펄럭이는 현수막이 눈에 들어왔다. 현수막에는 재개발 반대, 생존권을 보장하라는 손 글씨가 삐뚤빼뚤 적혀 있었다. 낡고 누추한 3층 건물이 나란히 서 있는 재개발 지역이 종태가 사는 동네였다.

종태가 할머니와 살던 골목 끝 건물은 몸이 불편한 할아버지가 사는 1층 방을 빼고는 모두가 이사를 나갔다. 우리는 할아버지 방과 벽을 맞대고 있는 1층의 빈집을 아지트로 찍었다. 대문과 가장 멀리 떨어진 건물 뒤편이라 눈에 띄지 않았고 종태의 정보에 의하면 귀가 어두운 할아버지는 우리가 떠드는 소리를 쥐나 고양이 따위가 부스럭거리는 소리로 여길 거였다. 라면을 끓여 먹고 만화책을 돌려 보고, 과제를 하고, 가끔은 담배나 소주로 끈끈한 우정을 다지는 공간으로써 브라더스는 최적지였다. 종태는 집에서 냄비와 브루스타를 가져오고 우리는 각자 집에서 부식 재료를 챙겨왔으며 윤제는 과제를 도와주고 나는 조각을 했다. 초등학교 때부터 나는 아버지와 공방에 다녔다. 바쁜 아버지는 주말이라도 나와 함께 시간을 보내려 애썼다. 나이 차이가 나는 형은 공부하느라 함께 밥을 먹을 시간조차 없었고 무언가를 만드는 것이 나의 정서에 이로울 거라는 이유로 서랍장을 만들고 수저와 필통 따위를 만들었다. 중학교에 들어가서는 주말마다 나무 공예를 했다. 비어 있는 공간에 이야기를 새겨 넣는 작업이 행복했다. 시험을 마치면 공부에 지친 나를 달래려 나무를 팠다. 나무 파편들이 쌓일수록 불안과 긴장이 풀어지며 몸과 마음이 가벼워졌다.

고등학교에 입학하면서 조각은 금지되었다. 아버지는 공부에 방해되는 것은 무엇이건 막았다. 논리정연한 아버지 앞에서 나는 한마디도 반박하지 못했다. 나는 도둑고양이처럼 아버지 몰래 공방을 다녔다. 들킬까 두려우면서도 조각칼을 놓을 수 없었다.

종태에게 전화를 걸었다.

-살았는지 죽었는지 내가 어떻게 아냐. 윤제한테 누가 관심이나 있겠어. 병진이 새끼도 신기하니까 떠벌린 거지. 새끼, 찜찜해서 그러냐? 알게 되면 연락 줄게. 나 알바 간다.

종태가 전화를 끊었다. 윤제가 죽었다고 단정할 수 없다. 윤제는 살아 있는 상태로 발견되었다고 했다. 오랜 시간 식물인간으로 있다가도 하루아침에 의식을 회복하는 사례는 얼마든지 있다. 윤제가 흔하지 않은 기적 중 하나가 되지 말란 법은 없다. 나는 희망을 믿기로 했다.

산길을 내려와 식당으로 향했다. 작업장을 나오는 아저씨들이 지나가는 나를 흘낏거렸다. 민우 형에게 업혀 온 이야기는 이미 사람들 사이에 퍼졌다. 우리 기수는 아버지 또래의 늙수그레한 남자가 대다수였다. 실직과 명퇴로 일자리가 절박한 이들 사이에서 나는 자연스레 섞이지 못했다. 그들에게 나는 현장 체험 학습을 온 어린아이에 불과했다. 호기심 가득한

눈초리는 저녁 식사 시간 내내 나를 따라다녔다. 저녁을 먹고 방에 들어온 형철이 아저씨가 내 눈치를 보다 입을 뗐다.

  -뭔 일 있었는지 모르지만, 살다 보면 암 것도 아니다. 학교에서 쫓겨났다 해도 다 지난 일이야. 너 매일 이어폰 끼고 듣는 게 다 공부하는 거라며, 여기 있어서 되겠냐. 하다못해 학원이라도 가야지, 공부도 때가 있는 건데. 동현이 너 듣고 있는 거냐? 어른이 말하는데 어디다 넋을 빼놓고 있어. 니들은 부모들이 뒷바라지해주면 죽으로 공부만 하면 되는 거야. 지 엄마가 김밥 팔면서 고생하는 거 알면서도 이상한 놈들하고 어울려서 춤추고 다니는 썩어빠진 짓거리 말고.

  아저씨의 화살은 아이들과 어울려 춤을 춘다는 아들에게로 향했다.

  -동현이도 다 생각이 있을 거예요.

  민우 형이 거들고 나섰다.

  -감싼다고 다 좋은 게 아니야. 너도 그래, 이런 데는 나 같은 사람이나 오는 거야. 좋은 대학 나와서 좋은 직장 때려치우고 올 곳은 아니지. 편한 직장이 세상에 어디 있어. 연봉이 달리 세겠냐? 참고 살다 보면 익숙해지는 거지. 적성 찾는 것들은 다 배불러 하는 소리여.

  민우 형은 누구나 아는 대기업 사원이었다. 선택받은 이들만이 걸 수 있는 아이디 카드를 목에 걸고 으리으리한 건물을 드나들었다. 재취업한 회사가 부도가 나 목수 기술을 익히겠다고 온 형철 아저씨는 좋은 직장을 그만두고 온 민우 형을 못마땅해했다.

-아픈 애 그만 잡고 장기 한판 어때?

열린 문 앞에 대규 아저씨가 서 있었다. 그 뒤로 경식이 아저씨가 빼꼼히 얼굴을 내밀고 말했다.

-술도 한 잔 워뗘?

긴 밤 산속에서는 할 일이 없었다. 사람들은 대팻날을 갈거나 책을 읽거나 한옥 이론서를 보았지만 알게 모르게 술을 마시는 이들이 많았다. 대규 아저씨와 경식이 아저씨는 방 안의 형철이 아저씨를 밖으로 끌어냈다.

-애 쉬게 우리 방에서 한판 둬.

-김씨가 싫어할 텐데.

경식이 아저씨가 괜찮다며 형철이 아저씨 등을 떠밀었다. 방을 나가던 대규 아저씨가 내 어깨를 가만히 다독이며 말했다.

-푹 쉬어라. 여차하면 형철이 아저씨 우리 방에서 재울 테니까.

대규 아저씨가 내게 한 말 중에 가장 길었다. 아저씨들은 술에 취하면 자신의 사연을 주저리주저리 늘어놓는다. 형철이 아저씨는 아들이 공부를 등한시한다고 늘 불만이었고 한 때 소를 길렀다는 경식이 아저씨는 멀쩡한 소까지 한데 파묻던 끔찍하고 처참한 기억을 꺼내놓으며 벌컥벌컥 막걸리를 비웠다. 경식이 아저씨와 형철이 아저씨가 살아온 이야기를 지겹도록 되풀이하는 동안 대규 아저씨는 자기 이야기를 한마디도 하지 않았다. 가끔 술 취한 눈으로 나를 물끄러미 쳐다볼 뿐이었다. 아저씨가 아는 누군가와 내가 닮기라도 한 걸까. 왜 자꾸 빤히 보냐고 따져 물을 수 없을 만큼 아저씨 눈빛은 서글프고 애틋했다.

걸레를 들고 방을 나왔다. 자퇴를 권한 건 아버지였다. 어차피 치를 입시를 조금 앞당겨 준비하자는 제안을 받아들였다. 끝없이 경쟁을 부추기는 학교에서 많은 아이들이 씨발과 빡쳐를 입에 달고 살았다. 자퇴를 하겠다는 말은 화장실에 가는 것보다 빈번하게 튀어나왔고 담임과 학주를 죽일 듯이 씹어댔다. 불만이 쌓여 터져버릴 것 같은 아이들은, 기계처럼 학교를 다녔고 선생들을 패지도 않았다. 막가파식으로 개기다 정학을 받거나 무단결석과 가출 따위로 퇴학을 당한 아이들을 막장인생이라고 불렀다. 막장인생에게는 미래가 없었고 미래에 대한 두려움만 잔뜩 키운 우리들은 혹시라도 떨어질 나락이 두려워 악착같이 성적에 매달렸다. 나도 좋은 성적을 받기 위해 늦은 시간까지 책상 앞에 앉아 있어야 했다.

  학교와 아이들에게 아무 미련이 없는 내게 입시학원은 좋은 도피처였다. 자의 반 타의 반 학교까지 떠나온 처지에 남은 건 좋은 대학에 들어가 좋은 직장으로 이어지는 미래라 믿었다. 매일 수십 개의 영어 지문을 읽고 계산기처럼 쉼 없이 수학 문제를 풀었다. 시험의 연속이었고 꾸역꾸역 그 과정을 통과했다. 갑자기 머리가 백지처럼 비어버리며 받아들이기를 거부했다. 마음을 다잡고 새벽까지 책상에서 버텼지만 나아지지 않았다. 수능 시간표대로 하루를 열고 종일 책상에 머리를 처박다 가끔 구석진 곳에서 담배를 피우며 표정을 잃어가는 이들 사이에서 나는 집중하지 못했다. 수업 시간 실없는 농담에 키득거리고, 쉬는 시간이면 초딩처럼 놀던 기억이 사무치게 그리웠다. 학원에는 윤제가 없었다. 종태와 현기도 없었다. 입시라는 전쟁터에서 언제 죽어나가도 이상하지 않은 인간들이 스트레스를 밥 먹듯 하며 아슬아슬한 경계를 지키고 있었다. 종태와 드나들던 일탈의 순간과 윤제와 함께 꿈을 이야기하던 길거리와 지하철을 떠올리며 공허한 시간을 견뎌냈다. 하지만 추억은 버팀목이 되어주지 못했다. 가슴까지 쪼그라들어 견디기 힘든 순간, 나는 학원에서 도망쳤다.

  걸레를 빨았다. 비누 거품처럼 윤제에 대한 생각이 부풀어

올랐다. 알 수 없는 번호로 걸려온 전화는 윤제였을까. 내게 하고 싶은 말이 있던 건 아닐까. 나는 손에 묻은 거품을 바지에 문지르고 휴대폰으로 메일을 열었다. 윤제와 나는 연애편지를 주고받듯 메일을 주고받았었다. 톡이나 문자로 할 수 없는 속 깊은 이야기를 메일에 담아 보냈다. 한옥학교에 들어오며 SNS는 탈퇴했지만 메일은 남겨두었다. 수백 통의 메일이 쌓여 있었다. 스팸 메일을 지우다 익숙한 제목의 메일을 발견했다. 오늘은 어땠어? 좋은 하루였기를 바래. 윤제와 내가 암호처럼 주고받던 문장이었다.

    나는 하루에도 몇 번씩 너를 떠올려. 전보다 더 네 생각을 지울 수 없어.
    .
    .
    네가 우리 집에서 같이 밤새운 날, 나란히 앉아 있던 네가 졸다 내 어깨 위로 고개를 떨어뜨렸어. 놀란 내가 움직이니까 네가 내 허벅지 위로 쓰러졌어. 어느 틈에 내 손은 네 머리를 받쳤고 너는 깨지 않고 잘도 자더라. 그때부터였을 거야. 내가 좀 다른 것 같다고 느낀 게. 나는 네 얼굴을 몰래 만졌어. 머리칼과 볼과 콧날을….

교실에서 처음으로 자리를 배정받은 날 내 눈에 네가 들어왔어. 괜히 친해지고 싶은 사람이 있잖아. 네가 그랬어. 비 오던 날, 헌책방에서 산 책을 꼭 안고 걷다가 건물 안으로 들어가는 너를 나도 모르게 따라 들어갔어. 너는 다른 애들이랑 말하는 것도 달랐어. 네가 너무 좋았어. 그냥 마음 맞는 좋은 친구라 그런 줄 알았어.

사랑의 감정을 갖게 된 대상이 동성이면 동성애자라고 하던데 내가 그런 사람일 거라고는 정말, 맹세코 몰랐어.

매일 밤 나는 네 방 창 앞에 서서 창문으로 보이는 너의 그림자를 보다 돌아갔어. 그렇게 하지 않으면 숨이 막혀서 당장이라도 어떻게 될 것만 같았거든.

전학을 간 학교는 정이 들지 않아. 너에게 느꼈던 감정을 다른 누군가에게서 느껴본 적 없어. 나는 그냥 동현이 너를 좋아한 건데, 게이니 뭐니 비난을 받는 게 이해되지 않아. 동현아 나 너무 외로워. 내 병을 고치겠다고 매일 기도하는 엄마도 못 보겠어. 모두에게 상처만 주는 나는 필요 없는 존재일지 모르겠어. 너와의 시간을 떠올리는 게 요즘 내 유일한 기쁨이야. 너와 함께 했던 시간은 모두 행복했어. 사랑해 동현아. 내가 게이이건 아니건 너를 사랑하는 것만은 확실해. 너는 싫어하겠지만 나는 이 마음을 접을 수 없어.

 어제는 햇살 가득한 산길을 너와 같이 걷는 꿈을 꿨어…. 한 번만 나를 만나주면 안 될까. 한 번이라도 너와 마주 앉을 수 있다면 조금은 견딜 수 있을 거 같아. 네가 너무 보고 싶어 동현아.

 오늘은 어땠어? 좋은 하루였기를 바래. 나는 모의고사를 망쳤어. 공부에 집중이 안 돼. 그냥 네가 너무 보고 싶어. 보고 싶어 동현아.

 오늘은 어땠어? 좋은 하루였길 바래. 너와 갔던 미술관과 헌책방을 갔어…. 구하려던 책을 발견했지만 기쁘지 않았어. 같이 이야기할 네가 없어 너무 외로워.

수도꼭지를 비틀었다. 양은 대야에 쏟아지는 물소리가 세면장을 가득 채웠다. 길게 쓴 편지부터 한 줄 문장으로 끝나는 메일까지 모두 확인했다. 불덩이가 목구멍을 틀어막아 숨을 쉴 수 없었다. 가슴께가 들썩이도록 울음을 토해냈다. 사랑해. 보고 싶어. 윤제의 목소리가 물소리를 뚫고 생생하게 울렸다. 사랑한다는 말은 어떤 파동보다도 길고 넓게 내 안으로 퍼져

나갔다.

 밖에서 민우 형이 나를 찾았다. 나는 옷이 젖도록 거칠게 세수를 하고 세면장을 나왔다. 물기 덕에 남은 눈물을 들키지 않았다. 나는 머리가 아파 세수를 했다고 거짓말을 했다. 형에게 끌려 방 안으로 들어갔다. 잠을 자는 척 눈을 감고 움직이지 않았다. 형의 숨소리가 잠잠해지고 나는 조용히 눈을 떴다. 눈을 감으면 윤제가 피를 흘리는 장면이 머릿속을 채웠다. 윤제 생각을 멈추면 윤제의 숨이 끊어질 것 같은 불안감에 심장이 오그라들었다.

 어지러운 꿈에 시달리다 잠이 깼다. 온몸이 무겁게 가라앉았지만, 방 안에 머물 수 없었다. 무언가에 정신을 쏟지 않으면 윤제를 떨쳐낼 수 없을 것 같았다. 나무 앞에 섰다. 먹줄을 쥔 손가락이 바들바들 떨리고 나무 끝이 부옇게 흐려 보였다. 나는 눈을 감고 먹줄을 튕겨냈다. 둥근 나무에 그려진 먹선은 조금씩 어긋났다. 온 신경을 집중해 먹선을 마무리하고 톱의 전원 스위치를 눌렀다. 날이 허공에서 맹렬하게 돌아갔다. 톱날을 나무에 깊이 박았다. 벌어진 나무의 틈으로 그림자 하나가 끼어들었다. 그림자가 고개를 돌려 나를 바라보았다. 윤제의 눈과 마주친 순간 톱이 균형을 잃고 흔들렸다. 틀어진 톱을 잡으려고 뻗은 왼손에 통증이 일더니 사방으로 핏물이 흩뿌

려졌다. 나는 쥐고 있던 톱을 놓쳤다.

나는 그 자리에 주저앉았다. 기계음이 멈췄고 작업을 하던 아저씨들이 내 주위로 몰려들었다. 피투성이가 된 왼손에 손가락이 보이지 않았다. 손목까지 아리는 통증에도 나는 잘려나간 손가락을 찾아 두리번거렸다. 누군가 내 손을 붕대로 세게 감았다. 형철이 아저씨였다. 옆에 선 대규 아저씨가 내 손가락을 찾아 바닥을 헤집었다. 아저씨들이 나를 부축해 작업장 밖으로 끌고 나왔다. 붕대 위로 붉은 핏물이 번졌다. 형철이 아저씨와 대규 아저씨가 새 붕대로 상처를 압박했다. 통증이 팔꿈치까지 올라왔다. 나도 모르게 신음이 새 나왔다. 민우 형이 내 어깨를 부드럽게 감쌌다. 괜찮을 거야. 민우 형의 눈가가 붉게 물들었다. 나는 대답 대신 고개만 끄덕였다. 작업장은 불난 집처럼 우왕좌왕했다. 교수님이 무릎을 꿇고 앉아 톱밥 속을 뒤적였다. 넋을 놓고 서성이던 아저씨들도 같이 톱밥을 헤집어댔다. 구급차가 도착하고 나는 들것에 실렸다. 나른하게 가라앉는 의식에도 민우 형의 목소리가 어렴풋이 들렸다.

병원에 도착하고 피가 멎었다. 나는 처참해진 왼손을 바라보았다. 검지와 중지는 두 마디가 잘리고 약지는 두 마디 가까이 날아갔다. 방심한 순간은 몇 초에 지나지 않았지만 결과는 참혹했다. 겨우 찾은 손가락은 검지뿐이었다. 푸들 털처럼 뒤엉켜 쌓인 톱밥 속에서 작은 살덩어리를 찾는 것이 난감했을 것이다. 헤집다 지나친 톱밥 속에 톱밥에 엉겨 나무껍질처럼 보이는 손가락 마디가 섞여 있을 지도 모르는 일이었다. 의사들은 자기들끼리 모여 쑥덕거렸다. 오후 들어 중지와 약지는 봉합수술을 하고 검지손가락은 접합 수술을 하기로 결정났다. 보호자의 동의를 받기 위해 나는 엄마가 병원에 도착하기를 기다렸다. 엄마는 붕대로 감싼 손을 똑바로 보지 못했다. 의사가 엄마에게 수술에 대해 설명했다. 잘린 손가락을 찾지 못한 약지와 중지는 아무는 것 이상을 기대할 수 없고 검지손가락도 상태가 좋지 않아 혈관과 신경과 근육이 원상태로 붙을 확률이 높지 않다고 말했다. 엄마가 손으로 입을 가리고 울음을 터뜨렸다. 설명하던 의사가 말없이 턱을 쓸어내렸다. 나는 재빨리 시선을 돌렸다. 응급실 침대에 잠들어 있는 아이가 보였다. 잠든 아이의 얼굴은 평온했다. 나도 수술대 위에 누워 잠이 들고 싶었다. 분노와 후회와 미안함이 한데 섞여 들끓는 감정에서 도망쳐 아무 것도 생각할 수 없기를 바랐다.

2. 손가락을 잃다

몽롱한 시선으로 주변을 둘러보았다. 고정대와 압박붕대로 두툼해진 왼손이 노란 불빛 아래 놓여 있었다. 말없이 왼손을 들여다보았다. 붕대 속에 손가락은 멀쩡하게 붙어 있을 것만 같았다.

-깼어?

엄마 얼굴이 가까이 다가왔다.

-스탠드는 뭐야?

-적외선 치료기야. 아프지는 않니?

왼손에는 감각이 없었다. 6인실용 병실에는 나와 맞은편 창가 쪽에 남자가 전부였다.

병원 창이 어둑어둑했다. 자정이 넘은 시간 한옥학교의 모든 등은 꺼지고 아저씨들이 방마다 코를 골아대고 있을 것이다. 나는 한참 만에 엄마에게 물었다.

-왼손은 이제 어떻게 되는 거야?

-치료 잘 받으면 괜찮아질 거야.

　엄마가 나를 지그시 바라보았다. 나는 약 기운을 핑계로 눈을 감았다. 핼쑥한 엄마 얼굴을 보기가 힘들었다. 엄마의 고른 숨소리를 확인하고서야 눈을 떴다. 컴컴한 천장을 바라보았다. 얼굴에도 친친 붕대를 감고 싶다. 나보다 더 무너진 얼굴로 왼손을 바라볼 눈빛들이 부담스럽다. 그들의 시선의 무게만큼 불쌍해져야 하는 내 처지가 참담하다. 내 몸은 밑으로 계속 가라앉았다. 모든 게 뒤죽박죽인 꿈속에 윤제가 날아들었다. 윤제는 멀리 달아났고 그를 향해 뻗은 내 손은 녹아내리듯 점점 사라졌다. 윤제야, 아침이 오는 게 두려워. 너도 두려웠니. 그래서 주저 없이 너를 던진 거야. 윤제야. 버텨야 해. 허망하게 가버리면 나는 어떡해. 나는 대답 없는 윤제에게 매달려 울부짖었다.

　눈을 떴을 때는 환한 아침이었다. 햇살이 드는 창가로 몸을 돌렸다. 눈부시게 빛나는 햇살과 맑은 하늘은 한옥학교에서 맞는 아침과 같았다. 달라진 건 작업장에서 치목을 하고 있어야 할 내가 병원 침대에 누워있다는 사실이었다. 나는 왼손을 내려다보았다. 피범벅이 된 손은 공포뿐이었다. 찌릿찌릿한 통증과 피비린내와 파편처럼 튄 붉은 핏물. 막연한 공포가 가시고 난 자리에는 불안한 현실이 나를 기다렸다.

엄마가 물컵을 건네며 의사들이 다녀갔다고 알려주었다. 내가 곤하게 잠들어 깨울 수가 없었다고 했다. 엄마는 매점에서 사왔다며 초콜릿과자와 빵을 침대 위에 올려주었다. 밤새 뒤척여 입맛이 없었지만 달콤한 초콜릿은 그런대로 먹을 만했다. 엄마가 맞은편 침대 남자에게 빵을 권했다. 맞은편 창가의 남자가 다가왔다. 까무잡잡한 피부와 큰 눈, 주저앉은 코, 동남아 어딘가에서 온 사람 같았다. 그가 손을 내밀었다. 남자의 손을 보고 엄마와 나는 움찔거렸다. 남자는 늘 있는 일인 듯 대수롭지 않은 표정으로 나를 쳐다보았다. 남자의 손은 사선으로 분리되었던 경계가 뚜렷하고 피멍처럼 보랏빛이 돌았다. 서로 다른 시체의 팔과 다리를 이어붙인 프랑켄슈타인의 엽기적인 모습이 남자의 손 위로 오버랩되었다. 궁금해하는 눈빛을 읽었는지 남자가 프레스에 잘렸다고 말했다. 나는 슬쩍 내 왼손을 바라보았다. 내 손도 저렇게 낯선 모습으로 남게 될 거였다. 갑자기 찬물을 뒤집어쓴 것처럼 몸에 한기가 돌았다. 남자가 서투른 한국말로 손이 잘 붙었다고 말했다. 물리치료만 잘 받으면 다시 예전으로 돌아갈 수 있을 거라고 묻지도 않은 말을 했다. 잔뜩 굳어버린 나와 엄마의 얼굴을 보고 남자가 어깨를 가볍게 으쓱해 보이고는 자기 침대로 돌아갔다. 그는 불편해 보이지 않았다. 오히려 그를 바라보는 엄마와 나의 시선이 불안하게 흔들렸다. 엄마와 나는 할 말을 잃은 듯 서로 입을 다물었다. 엄마가 깜박 잊은 게 있다며 병실을 나갔다. 나는 과자를 슬쩍 밀어두고 침대에 기댔다. 남자가 텔레비전을 켰다. 텔레비전에서는 과장된 웃음소리가 연이어 터져 나왔다. 남자가 그들을 따라 웃었다. 나도 텔레비전으로 눈을 돌렸다. 개그맨들의 우스꽝스러운 몸짓에도 웃음은 나오지 않았다. 텔레비전을 등지고 누웠다. 텔레비전과 내가 누운 침대 사이에 높은 벽이 가로막고 선 것 같다. 벽을 넘을 수 없으리라는 체념은 서글펐다. 웃음소리가 끊기고 슬리퍼 끄는 소리가 멀어져갔다. 병실은 조용히 가라앉았다. 창을 통과한 햇살이 얼굴로 쏟아졌다. 눈이 부셔 눈을 감았다. 강한 잔광에 한동안 눈을 뜰 수 없었다.

주말에 아버지가 할머니와 할아버지를 모시고 병원에 왔다. 양손에 짐을 든 형이 아버지 뒤를 따라 들어왔다.

-세상에 이게 무슨 일이라니. 어이구 내 새끼 얼마나 아팠어.

할머니는 자리에 앉기도 전에 멀쩡한 내 손을 붙들고 말했다. 옆에 선 할아버지는 조용히 한숨을 내쉬었다. 아버지는 바지 주머니에 손을 넣고 미간을 찡그렸다. 아버지의 시선도 붕대에 감긴 내 왼손에 머물렀다. 왼손을 숨기고 싶었지만 글러브를 낀 것처럼 커다래진 손을 숨길 곳이 없었다.

-멀쩡한 몸으로도 버티기 힘든 세상인데 왼손을 못 쓰면 어떻게 되는 거냐. 아이고 참.

 할머니에게 잡혀 있는 오른손에 땀이 찼다. 할머니는 내 왼손이 아예 잘려나간 것처럼 눈시울을 붉혔다. 나는 아무 말도 못 했다. 할아버지와 할머니, 아버지에게 죄스러울 뿐이었다.

 -기술이 좋아져서 인공 손가락 붙이면 괜찮을 거예요. 너무 걱정하시면 동현이가 힘들어져요, 어머니.

 아버지는 차분한 목소리로 할머니의 눈물 바람을 잠재웠다.

 -하긴 요새 기술로 못하는 게 뭐가 있냐. 동현이 니는 그저 아부지 말만 들으면 되는 겨. 니 아부지가 어떤 사람인데.

 아버지를 바라보는 할머니 눈이 부드럽게 곡선을 그렸다. 할머니는 집에서 가지고 온 음식을 병실에 펼쳐놓고, 내 입안 가득 음식을 집어넣었다. 나는 온탕과 냉탕 사이를 오가는 것처럼 정신이 어지러웠다. 형이 침대 위에 종이 가방을 올려놓았다.

 -쉬엄쉬엄하라고 가져왔어.

 백 속에는 검정고시용 책들과 수능대비 수학 문제 풀이집이 여러 권 들어 있었다.

 -검정고시 합격하면 다시 입시학원 다녀야지. 금세 따라잡을 거야.

형은 수학 경시대회에서 여러 번 상을 받을 만큼 수학에 재능이 있었다. 지능과 노력이 합쳐지면 따라올 사람이 없다는 걸 형을 통해 알 수 있었다. 처음부터 매끄럽게 닦인 길에서 시작해 탄탄대로를 이어왔던 형은 부모님의 기대 속에 청소년기를 보냈다. 형보다는 못해도 그럭저럭 빠지지 않는 성적을 받았지만, 형은 많은 부분에서 완벽했고 내가 넘보기에는 너무 큰 산이었다. 형은 매사에 냉철했다. 난해한 계산에도 기어이 답을 찾아낼 만큼 집요했다.

-그려, 우리 동현이 원래 똑똑했는데 뭐는 못하겠어.

할아버지가 처음으로 입을 열었다.

-이제 그만 가시죠. 할머니랑 할아버지 모시고 차에 먼저 가 있어.

할머니와 할아버지는 아쉬운 듯 내 등을 쓸어내리고 병실을 나갔다. 엄마와 형도 뒤따라 나가 병실에 아버지와 나만 남았다.

-너무 기대하지는 마라.

-네?

-수술한 손가락이 안 붙을 수도 있어. 최악의 경우를 생각해두라는 말이다.

아버지는 창문 앞에 서서 말했다. 온화한 표정에 차분한 말투였지만 단어 하나하나에 냉기가 배어 있었다. 아버지가 내뿜는 살벌한 기운 앞에 나는 오금이 저렸다.

-거길 간 것부터 잘못이었어.

학원에서 도망쳐 간 곳은 삼촌 집이었다. 일주일을 머물렀다. 매일 조각을 했다. 삼촌은 조각하는 나를 옆에서 지켜보다 한옥직업학교를 권했다. 삼촌은 고추 농사를 지으며 가끔 한옥의 기둥 교체 작업이나 탁자 따위를 만드는 소일거리를 하고 있었다. 종일 하는 일이 자르고 깎고 파는 일이야. 마음 정리하면서 너를 들여다봐. 한옥이라는 말에 마음이 끌렸다. 산속에 있어 세상과 단절되었다는 사실까지도 나를 위한 장소처럼 여겨졌다. 한옥학교에 가겠다고 말을 꺼냈을 때 아버지는 입시 준비를 계속한다는 조건으로 승낙했다. 산속이라는 제한된 공간과 규칙적인 일정, 저녁 시간을 자유롭게 쓸 수 있다는 이점을 이용한다면 나쁜 조건이 아니라며 완강하게 반대하는 엄마를 설득했다. 노트북에 강의를 다운받아 매일 정해진 양을 공부한다는 계획을 세우고 한옥학교에 입학했다. 나무를 자르고 벗겨내면서 나무를 향한 진심을 깨달았다. 나무가 건네는 위로로 행복했다. 한옥은 조각과는 또 다른 매력이 있었다. 민우 형 덕에 목 조각을 배우는 전통문화대학이 있다는 걸 알게 되었다. 대목수 시험과 검정고시를 치르고 나면 본격적으로 도전해보고 싶었다. 목표가 생기면서 막연한 미래에 환한 빛이 깃들었다. 아버지를 설득하는 것이 순조롭지 않겠지만 내 진심을 보신다면 내 결정을 인정해주리라 믿었다.

-죄송해요.

아버지에게 드릴 수 있는 유일한 말이었다.

-한옥학교에 보낸 건 숨고르기를 위한 거였다. 이만큼 봐줬으면 이제 진짜 네가 해야 할 일이 무얼지 고민해봐라. 장애인으로 사는 게 만만치 않겠지만 어쩌겠냐. 네가 자초한 일인 걸.

아버지가 처음으로 나와 눈을 맞추었다. 팔짱을 끼고 나를 내려다보는 눈빛은 냉혹하고 모질었다. 아버지는 창밖에 흥미를 끄는 일이라도 있는 것처럼 몸을 돌려 밖을 바라보았다. 병실에 들어온 이후 아버지는 나와 일정한 거리를 두고 사무적인 태도로 나를 대했다.

-더는 어리석은 선택을 안 하리라 믿는다.

아버지가 종이 가방을 수납장에 넣으며 말했다. 어떤 일이건 대가를 치를 거라는 경고로 들렸다. 아버지가 내 목에 걸어 둔 고삐가 비로소 보였다. 내가 움츠러들 때마다, 내가 아버지의 울타리 밖으로 나가려 할 때마다, 고삐가 내 목을 조여올 거였다. 아버지 한 번만 저를 향해 웃어주세요. 제가 쓸데없는 의심을 하는 거라고 말해주세요. 나는 아버지의 등을 향해 간절하게 바랐다. 하지만 아버지는 나를 돌아보지 않았다.

너희 아버지는 금 같은 사람이야. 잘 변하지 않고 특유의 광택이 나는 귀한 금 말야. 어려서부터 수재인데다 대범하기까지 해서 멋있었다니까. 그런 사람이 내 형이라서 우쭐대고 다녔지. 그런데 한번 돌아서면 끝이야. 아무리 품어봐도 따뜻해지지가 않아. 내가 술집 다니는 여자랑 결혼하겠다고 난리를 떨다 같이 살았거든. 그 여자… 결국 떠났어. 그렇게 길길이 날뛰던 할아버지랑 할머니는 나를 받아줬는데 너희 아버지는 아니었어. 입은 웃는데 눈은 얼음장이야. 어느 정도의 거리까지만 허용하는 게 훤히 보여. 삼촌의 말은 옳았다. 나는 이미 울타리 밖으로 쫓겨난 것인지도 몰랐다.

-회복 잘해라.

아버지는 붕대에 감긴 내 왼손을 힐끗 바라보더니 등을 돌려 병실을 나갔다. 아버지가 사라진 문을 마냥 쳐다보았다. 내 안에 기둥이 와르르 무너지고 심장은 통증으로 구멍이 숭숭 뚫렸다. 나는 손가락만 잃은 것이 아니었다. 차가운 아버지보다 손가락을 잃은 내가 견딜 수 없이 미웠다.

허공을 헤매던 눈이 나를 보고 있는 남자의 눈과 마주쳤다. 남자가 당황해하며 눈을 피했다. 우리가 나눈 대화의 내용을 알아듣지 못했어도 두 사람 사이 감도는 분위기는 눈치챘을 것이다. 눈물이 맺힌 내 눈을 보았을지도 모른다. 잔뜩 주눅 든 모습을 누군가에게 보였다는 것이 치욕스러웠다. 침대 위에 휴대폰이 울렸다. 형에게 문자가 왔다.

　학교 그만둔 것도 그렇고 이번 일도 그렇고, 만회할 수 있는 일은 상위권 대학에 입학하는 거야. 사람들은 결과에는 토를 달지 않거든.

강한 압박이 느껴졌다. 아버지와 형은 너무 닮았다. 숫자는 거짓말을 하지 않아. 정확한 답만 필요할 뿐이야. 가끔 수학을 왜 해야 되냐는 질문에 형은 진리라도 되는 듯 답했다. 내가 좋은 대학에 들어가면 손가락질 받던 치욕과 손가락을 잃어버린 상황을 다 되돌릴 수 있는 걸까. 나는 스멀스멀 올라오는 의문들을 누르고 창문 앞에 섰다. 등 뒤로 남자의 시선이 느껴졌지만 돌아보지 않았다. 그가 나에게 무언가를 물어볼까봐 겁이 났다.

윤제가 먹선 위를 위태롭게 걷고 있다. 엔진 톱의 날카로운 날이 윤제의 뒤통수를 향하고 있다. 피하라고 소리를 질러도 윤제는 고개조차 돌리지 않는다. 나는 있는 힘껏 다리를 뻗어 보지만 한 걸음도 뗄 수 없다. 갑자기 고개를 돌린 윤제가 나에게 큰 소리로 말하는데 나는 한 마디도 알아들을 수 없다. 악을 쓰듯 온몸을 쥐어짜며 내지르는 말들이 내겐 하나도 들리지 않는다. 윤제의 일그러진 얼굴이 나에게 돌진하고 나는 비명을 질러댄다.

눈을 뜨고 주위를 둘러보았다. 엄마는 미동도 없이 잠에 빠져 있다. 맞은편 남자의 침대도 고요하다. 나는 조용히 일어나 침대를 빠져나왔다. 어두운 복도를 걸었다. 땀에 젖었던 환자복이 마르며 오한이 일었다. 나는 두 팔로 어깨를 감싸 안았다. 열린 창문 앞에 섰다. 창문 밖으로 뛰어내린다 해도 달려와 나를 말려 줄 사람은 없다. 혼자라는 외로움에 가슴이 서늘해졌다. 윤제도 이런 기분이었을까. 나는 복도 구석에 힘없이 주저앉았다.

시험을 앞둔 휴일 나와 윤제는 '브라더스'에 있었다. 현기는 동생과 독서실을 가고 성욱이는 학원을 빼먹으려다 엄마에게 걸려 외출금지를 당했고 종태는 일일 알바를 가고 없었다. 라면을 잔뜩 먹어 배가 부른 나는 벽에 기대앉아 늘어졌다. 바닥에는 윤제의 얼굴을 스케치한 나무판과 조각도가 펼쳐졌다. 싱크대 선반에는 종태와 성욱이, 현기의 얼굴을 새긴 나무판이 걸렸다. 네 번째 주인공은 윤제다. 사진 대신 조각판을 걸자고 제안한 건 윤제였다. 나는 아이들의 얼굴을 나무판에 새겼다. 종태는 실물보다 형편없다며 불평을 해댔지만 성욱과 현기는 만족스러워했다.

윤제는 바닥에 놓인 조각도를 하나하나 살폈다. 나는 녀석 옆에 앉아 낱개로 구입해 모은 조각도에 대해 신나게 떠들어댔다. 윤제가 조각도로 나무를 살짝 들어냈다. 나는 윤제 손 위에 내 손을 겹쳐 잡고 조각도를 나무속으로 밀어 넣었다. 윤제가 손을 빼내다 날이 헛나갔다. 나는 아무렇지도 않은 듯 조각도를 고쳐 쥐고 바탕부터 파나갔다.

들뜬 숨결이 가까워지더니 뺨 위로 무엇인가 가볍게 스쳤다. 나는 천천히 고개를 돌렸다. 눈앞에 윤제의 얼굴이 있었다. 윤제와 나를 둘러싼 공기가 증발한 듯 숨이 쉬어지지 않았다. 우리는 꼼짝하지 않고 서로의 얼굴을 바라보았다. 윤제가 손을 뻗어 내 뺨을 만졌다. 뺨에 닿은 윤제의 손가락이 가늘게 떨렸다. 손가락이 볼을 따라 움직였다. 내 얼굴이 조각판 위에 새겨진 나무와 새가 되고 윤제의 손길이 돋아난 꽃잎을 어루만지는 손가락으로 변했다. 내 입술 위로 촉촉하고 부드러운 살결이 닿았다. 입술과 입술이 교차하며 나른해진 눈꺼풀이 내려앉았다. 천천히 눈을 떴다. 윤제의 눈빛은 다양하게 변

주되었다. 걷잡을 수 없는 감정이 거세게 몰아치다 숨을 고르고, 다시 열기에 휩싸이다 낭떠러지 밑으로 떨어지듯, 소스라쳤다. 여러 갈래로 분산된 미묘하고 야릇한 감정의 실체는 말로 형상화할 수 없는 무엇이었다. 나는 조각도를 움켜쥐고 윤제는 두 주먹을 꼭 쥔 자세로 서로를 바라보았다. 나와 윤제는 촘촘하게 응축된 긴장 속에 갇혔다.

윤제가 말을 할 듯 입술을 꼼지락거리다 고개를 떨구었다. 윤제가 일어나 밖으로 나갔다. 나는 윤제가 나간 후에도 그대로 자리에 앉아 있었다. 입술과 뺨을 만져보았다. 내 입술과 얼굴이 현실처럼 느껴지지 않았다. 윤제의 입술은 따스했다. 두 팔 가득 쿠션을 껴안고 누운 것처럼 편안했다. 나는 그 순간 그 분위기를 설명할 수 있는 단어를 찾을 수 없었다. 심장 박동이 평소보다 빠르게 뛰었고 쉽게 가라앉지 않았다. 잠자리의 날개를 만지는 것처럼 조심스러운 감촉이 아찔했다. 실수로 남자끼리 뽀뽀를 하고 호들갑을 떠는 해프닝으로 몰아가기에는 윤제나 나나 터무니없이 진지했다. 나는 조각판을 챙겨 브라더스를 나왔다. 침대에 누워서도 촉감이 지워지지 않았다. 윤제가 변명이라도 해주길 바랐지만, 전화는 오지 않았다. 나는 손에 휴대폰을 쥐고 밤새 잠을 이루지 못했다.

엉덩이로 스며든 냉기에 감각이 사라졌다. 윤제 입술의 촉감도 바닥의 냉기만큼이나 선명하게 남아 있다. 사랑해 동현아. 윤제가 내 앞에서 속삭이는 것만 같다. 보고 싶어 윤제야. 무릎을 감싸 안았다. 복도 끝은 달빛마저 스며들지 않았다. 벌레처럼 몸을 작게 웅크렸다. 이대로 어둠 속에 스며들면 모든 고통이 잊힐 것 같았다.

3. 따완을 만나다

접합한 손가락에 작은 구멍을 뚫고 의료용 거머리를 붙였다. 거머리를 이용해 죽은 손가락에 혈액을 공급해주는 치료라고 의사가 설명해주었다. 검지손가락은 엉성한 바느질을 한 것처럼 얼기설기 실밥 흔적이 보이고 잘려나갔던 부분은 보랏빛을 띠었다. 어릴 적 할머니 댁에 갔을 때 발목에 거머리가 붙어 펄쩍펄쩍 뛰었던 기억이 났다. 그때처럼 따갑거나 간지럽지는 않았지만 눈앞에서 꿈틀거리는 거머리에 비위가 상했다. 손가락에서 떼어낸 거머리는 피를 잔뜩 먹어 몸이 부풀어 올랐다. 새로운 거머리를 붙이고 떼는 일을 반복해 혈액이 정상적으로 공급되면 바로 물리치료를 받게 될 것이다. 나는 내 왼손을 바라보는 데 많은 시간을 보냈다. 새끼손가락보다 짧은 약지, 푹 꺼진 중지, 플라스틱 모형처럼 뻣뻣한 검지손가락을 하나씩 들여다보면 모양이 그럴듯한 손가락 모형을 손등에 붙여 놓은 것처럼 어색했다.

엄마가 잠깐 외출을 한다며 나갔다. 곧 점심시간이 되었고 배식해주는 아주머니가 침대 간이 식탁에 밥과 반찬이 담긴 식판을 올려놓았다. 나는 휴대폰으로 예능 프로를 보며 밥을 먹었다. 떨어지는 젓가락을 주우려다 식판이 미끄러졌다. 나는 내가 왼손을 제대로 쓸 수 없다는 사실을 잊은 채 왼손으로 식판을 쥐려 했다. 균형을 잃은 식판이 바닥으로 곤두박질쳤다. 스테인리스 밥그릇이 시멘트 바닥을 구르고 사기그릇이 산산이 깨져 내용물이 침대와 바닥에 흩어졌다. 나는 허탈한 표정으로 왼손을 내려다보았다. 아직도 내 몸은 손가락이 온전하게 붙어 있던 때를 기억하고 반응했다. 남자는 소란에도 아랑곳 않고 자기 식판에 열심히 머리를 박고 밥을 먹었다. 그가 일부러 모른 척 군다는 걸 알 수 있었다. 모든 소음이 가라앉은 후에야 나는 식판에 음식물들을 담고 깨진 파편들을 하나씩 주웠다. 밥을 반도 먹지 못했지만 배고픔은 느껴지지 않았다. 식판을 그릇 수거함에 넣은 남자가 나를 바라보고 섰다. 나는 고개를 푹 숙여 그의 시선을 피했다. 그의 발소리가 병실 밖으로 사라지고 나서야 휴지로 침대 주변을 닦고 창문을 활짝 열었다. 밥도 못 먹는 병신. 병신이라는 단어가 아프게 박혔다. 하루에도 수십 번 뱉어내던 말이었다. 거리낌없이, 인사를 건네듯, 서로를 조롱하며 병신이라고 지껄여댔다. 6층 높이에서 뛰어내리면 즉사할 확률은 얼마나 될까. 이대로 뛰어내리면 굴욕을 단번에 씻어낼 수 있지 않을까. 시멘트 바닥에 널브러진 나를 상상하다 병실 밖으로 뛰어나왔다. 간호사 누나가 데스크 앞을 뛰어가는 나를 불러 세웠다. 누나가 음료수와 빵을 건넸다. 한참 먹을 나이잖아. 나는 대답 대신 웃어 보였다. 평소 엄마가 간호사 누나들을 챙긴 덕이었다.

병동 밖 야외 쉼터에는 환자복을 입은 이들이 여기저기 흩어져 있었다. 병원 쉼터의 나무는 앙상하고 메말랐다. 듬성듬성 심어진 모양이 급하게 꾸민 티가 났다. 나는 빈 벤치를 골라 털썩 주저앉았다. 휠체어를 탄 환자와 보호자 커플이 내가 앉은 벤치 앞 산책로를 느리게 지나갔다. 멀지 않은 곳에 산이 있어서인지 산바람이 느껴졌다. 나는 눈으로 산을 더듬었다. 이어진 능선을 따라가면 민우 형과 형철이 아저씨가 톱밥을 뒤집어써가며 열심히 나무를 다듬고 있을 거였다.

젊은 남자가 링거 거치대를 밀며 여사와 다정하게 스쳐 지나갔다. 아픈 상황이 연애의 감정을 극적으로 끌어올린 듯 두 남녀는 서로에게서 눈을 떼지 못했다. 갑자기 웃음소리가 터져 나왔다. 가장 구석진 벤치에서 환자복을 입은 남자가 손짓 발짓을 해가며 주위 사람들을 웃겨댔다. 남자는 환자복을 걸쳤을 뿐 링거병이나 목발, 심지어 붕대조차 눈에 띄지 않았다.

아무래도 남자는 무늬만 환자일 뿐 가짜로 입원해 있는 듯했다. 남자의 말에 반응하는 알록달록한 복장의 사람들도 병문안을 왔다기보다 등산을 온 것처럼 활기 넘쳤다.

다른 사람들 눈에도 환자복과 내가 어울리지 않을 것이다. 살이 오른 얼굴은 병색이라고는 전혀 보이지 않고 붕대를 풀고부터 왼손은 자연스레 바지 주머니 속으로 들어갔다. 나는 나처럼 신체의 한 부위가 사라진 환자를 찾아 주위를 살폈다. 링거를 달고 있는 아저씨와 목에 깁스를 한 여자와 허리에 압박붕대를 맨 남자도 치료가 끝나면 익숙했던 자신의 몸으로 돌아갈 것이다. 장애로 보일 만큼 팔이나 다리가 잘려나간 사람은 보이지 않았다. 치명적인 결함이 없는 상태. 언제고 제자리로 돌아갈 수 있는 사람들이 한낮의 여유를 즐기고 있다. 나는 환자들 사이에서도 밀려난 기분이 들었다.

나는 오른손에 쥐고 있는 빵 봉지를 내려다보았다. 간호사 누나에게 비닐봉지를 벗겨달라고 하지 못한 것이 후회됐다. 나는 이빨로 빵 봉지를 조심스레 뜯었다. 음료수의 뚜껑을 따려다 벤치에 내려놓았다. 내가 뚜껑에 이빨을 대는 순간 주위의 무심한 시선들이 내게로 몰려들 거였다. 나는 빵을 입에 욱여넣고 음료수병을 주머니에 넣었다. 데스크의 간호사 누나에게 음료수 뚜껑을 벗겨달라고 부탁했다. 병실로 돌아와 침대에 앉았다. 아직도 반찬 냄새가 나는 것 같았다. 남자가 병실로 들어서다 나와 눈이 마주쳤다. 할 말이 있는 듯 나를 쳐다보던 그가 가까이 다가왔다.

-갠차나. 나도 그래써. 조아지꺼야.

그가 손을 들어 보이며 말했다.

-도아주거 시퍼는데 시러하찌 몰라서.

식판을 엎었을 때 그가 주춤거리던 이유를 알 것 같았다.

-아저씨는 이름이 뭐에요?

-따완.

-전 동현이에요. 김동현.

-손까락 왜 그래써?

-톱에 잘렸어요.

-학쌩 아니야? 학쌩이 그런 이르 해?

-학교 그만뒀어요.

그가 고개를 갸웃거렸다. 그는 태국 사람이었다. 한국에 온 지 3년이 되었다고 했다.

-나 운 조아. 나 치료바다써.

따완이 자신의 손을 들어 보이며 말했다. 학교에서 배웠던 외국인 노동자가 떠올랐다. 내가 아는 건 열악한 조건에서 일하다 자기 나라로 쫓겨 가는 불법체류자가 많다는 정도였다.

-아는 사람은 없어요? 찾아오는 사람이 없는 거 같아서요.

-두엉, 칸, 나다니엘이랑 사는데 돈 버러야 해써 바뻐. 여긴 두 명 이써서 펴네.

따완이 환하게 웃었다.

-가족은 다 태국에 있어요?

그가 고개를 끄덕였다. 그는 대학까지 나왔지만 가난한 집안 형편에 한국으로 돈을 벌러 왔다고 했다.

-돈 많이 벌었어요?

-버는 거 다 가족에게 보내써. 워급 밀려는데, 다 바다야 하는데…. 치료 끝나면 일 하쑤 있으까.

한숨을 쉬는 그의 모습이 쓸쓸해 보였다. 꿈을 안고 온 타국에서 장애를 가지고 돌아가야 하는 현실이 그로서도 감당하기 힘들 거라는 생각이 들었다.

-매 이 손 보면 울 꺼야.

그가 그의 손을 내려다보며 말했다. 매가 엄마라는 말 같았다.

-아저씨는 손 그렇게 된 거 화나지 않아요?

-일 하쑤 이쓰면 갠차나.

그의 손을 자세히 들여다보았다. 손등에 길게 흉터가 이어졌고 엄지를 포함한 세 개의 손가락도 떨어졌다 붙은 자국이 선명했다.

-매랑 이떤 남자는… 아파야?

　말없이 고개를 끄덕였다.

　-아파 무서운 사람이야? 우리 작업 판장 가테. 아이스맨. 매는 스퍼 보이는데 아파는 스프지 안아.

　모르는 사람의 눈에도 아버지의 태도가 이해되지 않은 모양이었다. 그에게 아버지가 항상 그런 모습은 아니라는 말을 할 수 없었다. 아버지는 내게 괜찮냐는 말 한마디조차 없었다. 내내 잘못을 질책하는 표정이었다. 아버지는 정말 아무렇지도 않았던 걸까.

　-손 어디서 다쳐써?

　-한옥 짓는 일을 배우는데 나무를 자를 때 엔진 톱을 쓰거든요. 거기에 이렇게 됐어요.

　-하녹이 머야?

　나는 침대를 가리키며 그에게 앉으라고 말했다. 민우 형이 보내준 동영상을 그에게 보여주었다. 두건을 쓴 아저씨들이 이리저리 움직이는 모습 사이로 황 교수님이 창방 끝에 무늬를 새겼다. 교수님은 곡선의 방향과 곡선이 꺾이는 각도와 깊이에 따라 여러 개의 끌을 자유자재로 쓰면서 섬세한 선을 만들어냈다.

　-뷰티플.

따완이 두 팔을 뻗으며 소리쳤다. 나는 완성된 한옥의 사진을 보여주며 우리나라의 전통 가옥이라고 설명해주었다.

-하녹 돈 마니 버러? 손 이래도 하쑤 이써?

들떠서 묻던 따완의 표정이 갑자기 시무룩해졌다.

-나 곧 도라가야 해. 나 돈 더 버러야 하는데. 사장 저놔도 안 바다….

뭐라 해줄 말이 없어 왼손을 내려다보았다.

-너는 거쩡마 치료 잘 바드면 나으 거야.

따완이 금세 표정을 환하게 바꾸며 말했다. 따완의 말을 곧이곧대로 믿을 수 없었다. 접합 수술을 한 검지손가락은 검게 변해가고 있었다. 거머리가 피를 빨아대도 별 소용이 없는 것 같았다. 아버지 말처럼 괜한 기대를 한 걸까. 섬찟한 기운이 머리를 스쳐 지나갔다.

-너 뭐 하니?

따완과 나는 동시에 뒤를 돌아보았다. 엄마가 병실 문 앞에 서서 우리를 바라보며 말했다. 따완이 가볍게 목례를 하며 침대에서 일어섰다. 그는 잘못하다 들킨 사람처럼 고개를 숙인 채 병실 밖으로 나갔다.

-이제 와?

-동현아.

목소리에 걱정이 한가득 실렸다. 지그시 바라보며 이름을 부르는 이유가 잡히지 않아 나는 머리만 긁적거렸다.

-같은 병실 쓰니까 서로 인사는 할 수 있지만… 저 사람이랑 너무 가깝게 지내지는 않았으면 좋겠어.

예상치 못한 말이었다. 따완과 몇 마디 나눈 일이 엄마의 걱정을 살만큼 위험하거나 거슬리는 일이 되리라 여기지 못했다.

-보기 좀 그래서. 심심하면 공부하는 건 어때?

-퇴원하고 말하려 했는데, 엄마 실은 나 한옥학교에서 대목수 시험 통과되면 전통문화대학교 준비하고 싶어. 금속공예도 배우고 나무 조각도 하는 학과야.

엄마는 의아한 표정으로 휴대폰에서 전통문화대학교를 검색했다. 엄마의 표정에 불편한 기색이 드러났다.

-동현아, 니가 나무 조각 한 거 말리지 않은 건 그냥 취미라고 여겨서야. 아빠하고 같이 하니까 더 권했던 거고. 하고 싶은 일을 하는 것도 좋지만 그쪽 계통은 아무래도 미래가 불투명하잖아. 나중에 취미로 할 수도 있는 거고. 일반 대학 준비하는 게 낫지 않을까?

-한옥 만들면서 확신이 생겼어. 나는 나무를 다루는 일을 하고 싶어.

형이 문제집을 잔뜩 껴안고 온 것이 형 혼자만의 생각이 아니라는 걸 엄마의 표정에서 알 수 있었다.

-몇 달 후에 검정고시야. 부지런히 준비하면 합격할 수 있어. 검정고시 붙으면 그때부터 기숙 학원이나 입시학원 다니면 돼. 아빠 후배 중에 학원 원장 있어서 상담받았더니 시간은 충분하대.

-하고 싶은 일을 찾으라며.

-정말 나무 자르면서 집 짓겠다고? 아빠가 한옥학교를 왜 허락한 거 같아? 쉬면서 진로에 대해 고민하라고 보낸 거야.

커다란 벽이 앞을 가로막고 서 있는 것처럼 답답했다.

-난 윤제랑 한 약속 지키고 싶어.

-걔 얘기는 왜 꺼내.

엄마의 눈빛이 차갑게 변했다.

-엄마…, 윤제가… 아파트에서 뛰어내렸대.

엄마는 동요 없이 나를 바라보았다. 엄마는 놀라는 흉내조차 내지 않았다.

-다시는 그 아이 이름 꺼내지 마. 이 모든 일의 원인이 그 아이잖아. 너한테 허튼짓만 하지 않았어도 니가 지금 여기서, 손가락까지 그렇게…. 엄마는 생각하고 싶지 않다.

엄마가 자리에서 벌떡 일어나 나갔다. 윤제는 우리 집안의 공공의 적이다. 학폭위에 불려가고 온 동네에 추문이 돌고 엄마가 집안에 칩거하기 시작한 것도 윤제와의 사건 때문이었다. 엄마는 내가 윤제를 미워한다고 생각한다. 윤제와의 모든 기억도 부러 지웠다고 여긴다. 학교를 그만두고 윤제를 만난 적은 없지만 윤제는 내게 생생하게 남아 있다. 윤제와 다니던 헌책방과 햇살에 먼지가 떠도는 브라더스의 적요함이 플래시처럼 불쑥불쑥 터져 나온다.

사람이 좋아하는 걸 하면 스스로 빛이 나나봐. 조각은 니가 하는데 왜 내가 편안해지는 걸까. 네 손끝에서, 날이 지나가는 자리마다 선이 이어지고 굵어지고. 눈매가 만들어지고 얼굴에 음영이 생기고, 콧대가 서고 머리칼이 한 올 한 올 살아나고. 의미 없는 동작이 하나도 없잖아.

윤제의 말은 어떤 칭찬보다 따뜻했다. 눈을 빛내며 건네던 말과 표정이 너무 선명해 윤제가 늘 곁에 있던 것만 같다.

엄마가 깎아준 과일을 포크로 뒤적이다 말았다. 못 먹기는 엄마도 마찬가지였다. 윤제 이야기를 꺼낸 이후부터 엄마와의 사이가 서먹해졌다. 우리는 텔레비전을 보며 불편한 시간을 버텼다. 오후에 나간 따완은 아직 돌아오지 않았다. 같이 일했던 동료들이라도 만나러 나간 걸까. 외출복으로 갈아입고 나간 걸 보면 오래 자리를 비울 것 같았다.

병실 문이 열리며 민우 형이 들어왔다. 황 교수님과 형철이 아저씨와 함께 문병을 온 이후 형 혼자 오는 것은 처음이었다. 형은 집에 다녀오는 길이라며 과자가 든 봉투를 흔들었다. 나와 형은 쉼터로 나왔다. 벤치마다 늦은 오후를 즐기는 사람들로 가득 찼다. 형이 과자를 뜯어 봉지째 내려놓았다. 왼손을 주머니에 넣은 채 과자를 집어 먹었다.

-형도 할 일 진짜 없다. 날씨도 좋은데 데이트도 안 해?

-애인이 있어야 만나죠. 대기업 다닐 때는 소개팅도 많이 해주고 여직원들하고 썸도 탔는데 목수 한다니까 다들 싫단다.

-이번에도 아버지 못 만났어?

민우 형의 아버지는 형이 직장을 그만두고 한옥직업학교에 들어온 이후 형을 없는 자식 취급하며 집에 들이지 않았다고 했다. 최근에 아버지의 건강이 나빠져 형의 걱정은 늘어만 갔다.

-애인도 아버지도 나를 좋아한 게 아니라 내가 몸담고 있던 회사를 좋아했나봐. 나는 변한 게 없는데 다른 사람처럼 대하네. 그러는 너는 병문안 올 여자 친구 하나 없냐? 호리호리하고 곱상하니 여자애들이 좋아할 타입인데, 공부만 하셨나?

피식 웃음이 비쳐 나왔다. 형은 내 웃음을 신호 삼아 여자 친구 이야기를 해달라고 졸랐다. 화창한 날씨와 선선한 바람과, 달착지근한 과자를 먹으며 할 이야기로는 연애 이야기가 맞춤이라는 이상한 논리로 나를 몰아붙였다.

지수는 노래방에서부터 끼를 부렸다. 시선은 내게 고정되었고, 유혹하듯 손짓을 하는가 하면 은근슬쩍 내게 몸을 부딪쳤다. 적극적으로 밀어붙이는 도발은 묘하게 자극적이었고 나는 끌려가듯 지수의 남친이 되었다. 나중에 알고 보니 근처 옆 여고에 다니는 지수가 나를 찍었고 종태와 나연이가 나와 지수를 이어주기 위해 노래방 만남을 주선한 거였다. 지수는 그 전에 알고 지냈던 여자애들과 확실히 달랐다. 지수는 짙은 아이라인에 붉은 입술까지 완벽하게 화장을 하고 나타났다. 집에는 도서관을 간다고 나와서는 지하철역 화장실에서 미리 준비해둔 힐과 치마로 변신을 하고 우리 앞에 나타났다. 지수는 우리와 어울려 놀다 집에 돌아갈 때는 다시 사물함에 넣어둔 가방을 메고 화장을 지우고 세수까지 했다. 게다가 도서관에 있던 친구를 앞세워 알리바이까지 만들어놓았다. 지수는 공부를 잘했고 학교에서는 얌전한 범생이였다. 엄마가 전혀 몰라? 나와 윤제의 질문에 지수는 콧방귀를 꼈다.

-화장은 하는 것보다 지우는 게 중요합니다. 광고도 안 봤니? 그리고 가장 중요한 건 성적을 유지하는 일이야. 학교에서는 쉬는 시간도 아껴가며 공부를 해야 놀면서도 성적을 유지할 수 있어. 애들도 공부만 파는 애로 알 테니 괜히 찝쩍대는 애 없어 편하고. 우리 엄마는 내가 머리가 나빠서 하는 거

에 비해 성적이 나오지 않는다고 안타까워해. 엄마가 모르는 건 내가 엄마가 생각하는 것보다 훨씬 머리가 좋다는 거야. 주변에서 아무리 뭐라고 해도 우리 엄마는 내 딸은 절대 그럴 애가 아니라고 할 걸. 내가 그렇게 길들여놨으니까. 어리고 순진한 너희가 뭘 알겠니.

지수는 능력자였다. 주도면밀하고 자신의 뜻대로 부모를 이용하는 영악함은 내가 가져보지 못한 것이었다. 지수의 대범함과 교활함에 나는 지수의 열혈 신도가 되어갔다. 지수와 사귀는 중에도 윤제와 나는 늘 붙어다녔다. 시험이 가까워지면 지수와 나와 윤제는 도서관에서 만났다. 지수는 학원 문제집이라며 윤제 몰래 복사본을 내 가방에 넣었다. 지수는 내가 봐도 성가실 만큼 윤제에게 이것저것 물어댔다. 윤제에게 필요한 것은 다 빼먹으면서 상급반에게만 준다는 고급 문제지는 절대 보이지 않는 지수였다. 지수는 그 문제집의 종착지가 윤제라는 사실은 몰랐다. 나는 복사본을 다시 만들어 윤제에게 주면서 지수에게는 말하지 않았다. 지수가 알았더라면 어떤 방식으로든 문제집에 대한 대가를 윤제에게 받아내고 말았을 것이다.

-그게 다야? 결정적인 게 빠졌네. 어디까지 갔는데.

형이 나를 물고 늘어졌다.

지수는 혼자 나온 나를 보자마자 생글거리며 팔짱을 꼈다. 함께 영화를 보고 뭘 할까 궁리하는 사이 지수가 '브라더스'에 가고 싶다고 말했다. 내가 조각한 나무판을 보고 싶다며 지수가 매달렸다. 팔에 뭉클한 감촉이 느껴졌다. 지수는 내 팔에 가슴을 점점 더 밀착시켰다. 나는 지수에게 끌려 '브라더스'에 도착했다. 지수는 종태와 성욱이의 얼굴이 새겨진 나무판을 보며 환호했다. 여자 친구에게 인정받는 것은 기분 좋은 일이었다. 지수는 내게 자신의 얼굴도 새겨 달라고 졸라댔다. 가방 안에 준비해 둔 나무판을 꺼내고 조각도를 펼쳤다. 나와 지수는 햇살이 드는 창가 근처에 앉았다. 지수는 내 옆에 앉아 손으로 꽃받침을 하고 활짝 웃었다. 연필로 지수 얼굴을 나무판에 그렸다. 지수는 얼굴이 갸름하고 목이 긴 것이 특징이었다. 조각도의 칼 중간을 검지로 누르면서 물방울을 튕기듯 살짝 들어내 지수의 얼굴과 목선을 파 나갔다.

너 진짜 멋있다. 조각하는 모습이 너무 근사해. 지수의 입김이 귓바퀴를 감쌌다. 나는 조각도를 손에서 떨어뜨렸다. 지수 얼굴이 코앞으로 다가왔다. 팔에 지수의 가슴이 닿았다. 나는 기분이 아찔해지며 정신을 차릴 수 없었다. 지수가 가볍게 내 볼에 입을 맞추었다. 나와 지수의 눈이 마주쳤고 나는 자석에 끌려가듯 지수의 목덜미를 잡고 지수의 입술을 더듬었다. 어느새 내 혀는 미친 듯 지수의 혀를 찾았고 한 손으로는 지수의 가는 허리를 감았다. 지수의 가슴에 손을 얹었다. 손가락들이 제멋대로 움직였다. 완만한 곡선을 더듬던 손가락을 모아 가슴을 움켜쥐었다. 고무공처럼 탱탱한 탄력과 포근한 온기에 심장이 터질 것 같았다. 내 몸은 지수에게 밀착되었다. 지수가 내 목에 두 팔을 감았다. 내 손은 지수의 브래지어를 파고 들었다. 몸이 팽팽하게 당겨지며 성기가 부풀어 올랐다. 나는 지수를 바닥에 눕혔다. 지수의 바지 버클을 풀고 팬티 속으로 손을 집어넣었다. 지수의 입술은 뜨거웠고 허벅지 안은 촉촉했다. 나는 바지를 끌어내렸고 지수가 내 손을 잡았다. 지수가 작은 가방에서 콘돔을 꺼냈다. 흥분한 나는 콘돔을 급하게 밀어 올렸고 또르르 말린 콘돔이 고무줄처럼 튕겨나갔다. 나는 무릎에 바지가 걸린 채로 콘돔을 찾았다. 아무리 두리번거려도 콘돔이 보이지 않았다. 나는 얼굴이 붉게 달아올랐다. 콘돔을 서툴게 다루는 것도 모자라 잃어버리고 허둥대는 꼴이라니. 숨이 막힐 듯 쪽팔려 얼굴을 쥐어뜯고 싶었다. 지수가 발딱 몸을 일으키더니 바지와 브래지어를 챙겨 입었다.

-씨발, 내가 더 쪽팔린다. 그거 하나뿐인데 어쩔 거야.

지수가 나를 차갑게 쏘아 보았다. 나는 고개를 숙이고 최대한 빨리 바지를 입었다. 가라앉지 않은 성기가 뻐근하게 저렸다. 지수는 먼저 가방을 들고 문밖으로 나갔다. 나는 조각도와 나무판을 가방 안에 넣고 나왔다. 지수 얼굴을 마주 볼 용기가 나지 않았다. 지수는 팔짱을 끼고 다른 곳을 보고 서 있었다.

-미안해. 내가 미쳤었나봐.

-쌉치네. 진짜 깬다 너.

지수가 앞서 대문을 나섰다. 나는 조용히 지수 뒤를 따라갔다.

-씨발, 빡치니까 따라오지 마.

지수가 나를 돌아보고 쏘아붙였다.

지수가 시장 앞 횡단보도를 건넜다. 나는 지수가 길을 건너갈 때까지 그 자리에서 주뼛거리고 섰다. 미쳤었다는 말은 거짓말이 아니었다. 내 몸은 멋대로 움직였다. 성기를 쥐고 기계처럼 손목을 놀리는 것과는 다른 차원의 쾌감에 정신을 차릴 수 없었고, 제어되지 않는 에너지로 끓어 넘치는 내 자신이 믿기지 않았다. 나는 지수의 감정보다 내 몸의 반응이 신기했고 흥분으로 저릿한 바지 속이 더 신경 쓰였다. 집으로 돌아오고 나서야 내가 찐따 중에도 개찐따라는 사실을 실감했다. 침대에 앉아 벽에 머리를 처박았다. 리드는 고사하고 얼뜨기 짓을 했으니 얼마나 우스웠을까. 머리가 깨져도 할 말이 없었다. 나는 밤마다 지수를 안는 꿈에 시달렸다. 베개에 몸을 비비다 깨는 새벽이면 후회와 아쉬움에 화가 치밀었고 분이 풀릴 때까지 침대에 주먹질을 해댔다.

  콘돔을 쓸 기회는 다시 오지 않았다. 지수를 볼 때마다 엉덩이를 까고 허둥대는 찌질한 내 몰골이 떠올라 주눅이 들었고 지수는 지수대로 나를 아메바 따위의 하등 동물 보듯 했다. 그렇다고 포기할 수는 없었다. 놀이터 미끄럼틀 지붕 위나 벤치에 둘만 있을 때 나는 기회를 엿보았다. 영악한 지수는 가슴을 만지는 것까지만 허락했다. 치마 속으로 손을 밀어 넣으면 지수가 나를 밀어냈다. 내 바지 속이 터지든 말든 지수는 옷매무새를 정리하고 새털처럼 가볍게 손을 흔들며 사라졌다. 너는 너무 어설퍼서 내가 졸라 불안해. 섹스하다 인생 조질 수는 없잖아. 나는 부풀어 오른 몸이 가라앉을 때까지 좁은 미끄럼틀 지붕 안에 누워 지수의 말을 곱씹었다. 지수를 차지하지 않고는 밟힌 자존심이 회복될 것 같지 않았다. 바람과 다르게 나는 지수와 섹스를 하지 못했다. 지상 최대의 목표는 학교를 떠나면서 사라졌다. 아니 어쩌면 지수와 나의 결별은 이미 예정된 수순이었는지도 모른다. 형이 헤어진 이유를 말해달라며 짓궂게 굴었다. 더 이상 해줄 수 있는 말이 없었다. 지수와의 일은 결국 윤제와 연결이 되고 윤제를 꺼내 보이면 묻어버리려던 나의 지난 시간까지 온전히 되씹어야 했다.

  -형은 헤어진 애인 원망 안 돼?

-서운하긴 하지만 원망하지는 않아. 수연이에게도 상처였을 거야. 아버지께도 죄송하고. 자기 삶에 충실하셨고 본이 되려고 애쓰셨던 분이야. 부모 마음이야 다 똑같으니까. 아들이 고생길로 들어서는데 아무렇지 않을 아버지가 어디 있겠어.

  -한옥 짓는 게 고생길이야?

  -몸을 쓰는 일이 대우받지 못한다고 믿으시니까. 그렇게 살아오신 분이야. 너희 아버지는 한옥학교 오는 거 반대하지 않으셨다며.

  어려서는 아버지도 나무를 좋아한다고 여겼다. 간단한 D.I.Y 가구를 만들 때 아버지는 다정다감했다. 나무의 순한 질감도 좋았지만 온화한 아버지의 미소와 다정한 말투가 행복한 기억으로 남았다. 나는 그때의 아버지가 늘 그리웠다.

  -여기 온다고 했을 때 형이랑 엄마는 심하게 반대했어. 그런데 아버지는 입시 공부를 계속한다는 조건으로 허락했어. 그룹 과외도, 방학 때 기숙 학원을 다닌 것도, 선택은 내가 했지만 모두 아버지 뜻이었어. 아버지는 양치기고 나는 양 같아. 결국 아버지가 모는 대로 끌려가거든. 전통문화학교에 간다는 말을 어떻게 꺼내야 할까 고민 중이었는데 손가락까지 이렇게 돼버렸으니… 아버지를 설득할 자신이 없어.

  -집안 분위기가 자유로운 줄 알았는데, 아버지가 사람을 잘

다루시네.

-내 친구까지 아버지를 좋은 사람이라고 믿게 만들었으니까.

아버지는 친구를 사귀는데 제한을 두지 않았다. 모범생과 어울리는 것보다 다양한 부류의 사람들을 만나봐야 사람을 제대로 이해한다고 말했다. 종태가 할머니와 사는 조손가정의 아이라는 걸 알고도 아버지는 종태를 반대하거나 대하는 태도가 바뀌지 않았다. 편견 없이 열린 아버지가 존경스러웠다.

-어느 날인가, 종태가 놀다 집을 나서는데 종태 뒤통수를 바라보는 아버지의 시선이 싸늘해지는 거야. 나랑 눈이 마주쳤는데 놀라지도 않아. 종태가 가고 나서 아버지에게 물었어. 왜 그렇게 종태를 바라봤냐고. 저 아이는 빈곤층을 벗어나기 힘들 거다. 겨우 먹고 살겠지. 아버지는 하찮은 벌레 취급하듯 말했어. 상대조차 하기 싫다는 듯 경멸하는 말투였어. 유쾌하고 넉살 좋다고 칭찬하셨잖아요. 저 아이가 살아가는 수단이 되기는 하겠지. 제가 종태랑 어울리게 놔두시는 이유는 뭔데요? 내가 다시 물었어. 담배도 피워보고 학원을 빼먹어보는 것도 크는 과정이다. 알면서 자제하는 게 중요해. 그게 진짜 단단해지는 길이지. 이런저런 사람을 다 만나봐야 사회생활도 잘하는 법이거든. 하지만 물들지는 마라. 저런 아이들의 습성을 경험해보는 거로 끝내. 너와 같은 위치에 있는 아이가 아

니라는 것만 명심해. 아버지 말에 소름이 끼쳤어. 방금까지 종태에게 친절했던 건 뭐지? 어떻게 아무렇지도 않은 얼굴로 내 친구를 내 앞에서 깔아뭉갤까. 무서웠어.

　형은 당황한 표정으로 아무 말도 하지 못했다.

　윤제와의 일로 집안이 시끄러워질 무렵이었다. 아버지는 방의 물건들을 뒤집어엎었다. 책장에 책들이 바닥으로 쏟아지고 스탠드 전등이 산산조각났다. 책장 뒤에 조각판이 아버지 손에 달려나왔다. 점심시간마다 파 넣은 난꽃이 내팽개쳐졌다. 아버지는 밟는 것으로는 성이 차지 않는지 조각판을 책상 모서리에 사정없이 내리쳤다. 매화 꽃대가 댕강 잘리고 새의 날개가 짓이겨졌다. 아버지가 사나운 맹수보다 더 잔인하게 보였다. 나는 무서워서 아버지 곁에 가지 못했다. 화가 가라앉은 아버지에게 죄송하다고 말했다 윤제라는 놈에게 휘두르고 싶지만 그럴 수 없잖아. 그렇다고 너를 때릴 수도 없고. 네가 아끼는 조각판을 부수는 수밖에. 아버지의 차분한 목소리가 내 목을 조여오는 듯 섬뜩했다. 나는 부서진 조각판들을 내 손으로 쓰레기봉투에 넣어야 했다. 친절하고 허물없는 아버지와 교활한 발톱을 숨기고 있는 아버지 중 어느 것이 아버지의 진짜 모습일까.

　-아버지는 임원치고는 평판이 좋아. 여직원은 물론 지방대

출신의 사원까지 똑같이 대우해 공평하기로 소문이 났어. 아버지는 이성적이고 냉철한 사람이야. 한 번도 감정에 휘둘리는 걸 본 적이 없어. 큰소리 한 번 내지 않아. 아버지는 내 손가락이 잘려나갔는데도 차분했어. 내 선택의 결과라는 말만 했어. 형철이 아저씨처럼 소리 지르고 화냈으면 인간적이지 않았을까.

아버지가 차갑게 돌아서던 순간 나는 버림받은 느낌이었다. 나는 친형과 달리 아버지가 설계한 틀을 채우지 못했다. 늘 헐거워 틀에서 빠져나오는 나를 아버지는 말없이 지켜보았다. 이제 아버지는 나를 포기한 것인지도 모른다. 이대로 아버지에게 내쳐지면 어떻게 해야 할까 막막하다.

-자식 손가락이 잘렸는데 아무렇지 않을 아버지가 어딨겠어. 형철이 아저씨처럼 노발대발했으면 더 기분 상했을 걸. 너 생각해서 속상한 티 안 내셨을 거야.

아버지의 눈빛을 잊을 수 없다. 노골적인 환멸에 나는 주눅이 들었다. 온몸으로 질책하는 아버지 앞에서 나는 내 존재의 의미까지 부정하고 싶었다.

-아버지가 병원에 온 게 딱 한 번이야. 그것도 할아버지랑 할머니가 가고 싶다고 해서 온 건지도 몰라.

-바쁘셔서 그렇겠지. 보면 더 속상할까봐 못 오시는 거 아닐까.

나는 조각판을 부수던 아버지에 대해 말할 수 없었다. 윤제의 이야기를 꺼내야 하는 상황은 불편했다.

　-같은 병실에 남자는 안 보이네?

　형이 말을 돌렸다.

　-휴일이면 외출해. 평일에도 물리치료 받을 때 빼고는 자고.

　-너하고는 곧잘 말한다며.

　-엄마 없을 때만. 엄마는 내가 따완 형이랑 말하는 게 불편한가봐.

　엄마가 외출한 때를 빼고 따완은 내 옆에 오지 않았다. 대기실에서도 그는 구석진 자리에 구겨져 있다 진료를 받고 병실로 돌아왔다. 우리는 사람들이 드문 시간에 쉼터를 거닐곤 했다. 그가 들려주는 태국어와 내가 들려주는 우리말을 서로 따라하며 희희덕거렸다. 내 앞에서 따완은 수다스러웠다. 말하는 걸 누구보다 즐기는 그가 사람들의 시선 때문에 입을 다물었다는 게 믿기 어려웠다.

　하늘이 붉게 물들기 시작했다. 형과 나는 자리에서 일어나 병동으로 향했다. 엄마와 인사를 나눈 형이 병실을 나갔다. 나는 창에 서서 멀어져가는 형을 바라보았다. 형을 따라 한옥학교로 돌아가고 싶은 마음이 간절했다. 잔소리하는 형철이 아저씨 목소리를 들으면 잡념 없이 잠들 수 있을 것 같았다. 혼자 남은 나는 너무 외로웠다.

4. 사랑이었을까

 병실 문틈으로 까딱거리는 발이 보였다. 문을 활짝 열어젖히며 들어갔다. 침대에 모로 누워 발을 까불거리는 아이는 종태다.

 -왔구나.

 -사고 한 번 크게 친다.

 따완을 발견한 종태가 침대에서 몸을 일으켰다.

 -제 친구에요. 종태야 인사해, 나랑 같은 병실 쓰는 따완 형이야.

 종태가 말없이 고개를 숙이자 따완이 이를 드러내며 손을 흔들었다. 따완이 외출 준비를 하고 병실을 나갔다.

 -어느 나라 사람이야?

 -태국.

 -너 많이 두꺼워졌다. 아무나 형이야? 둘이 어디 갔다 오는데?

-갑갑해서 산책하고 왔어. 일당 준다니까 튀어왔냐?

-새끼 삐딱하기는. 내가 또 의리남 아니냐. 손가락 진짜 없는 거야?

나는 왼손을 종태 얼굴에 들이밀었다.

-아이 새끼, 놀랬잖아.

종태가 내 손가락을 하나하나 살펴보았다. 나는 손을 빼며 맞은편 침대에 걸터앉았다.

-븅신. 진짜 병신 짓 했네. 어쩌다 그랬냐?

단순한 사고라고 둘러댔다. 윤제의 환영에 흔들렸다는 말을 할 수 없었다. 윤제가 이유 없이 욕을 먹는 상황을 만들고 싶지 않았다.

-짱박혀서 공부나 하지, 여긴 왜 와서 개고생이냐.

-니 입에서 공부가 다 나오고 뭔 일이냐.

-나도 먹고 살아야하지 않겠냐. 자동차 정비기술이라도 배우려면 학원에 다녀야하는데. 씨발, 졸업이나 세대로 할려나. 내년에 형 제대하는데, 둘이 알바 뛰면 지금보다는 살 만하겠지?

종태의 형은 군대에 가 있다. 아빠는 죽었나보다 하고 체념할 때면 한 번씩 집에 나타나 백만 원이 넘는 돈을 던져 놓고 가서 아예 없는 것보다는 낫다고 종태는 말했다. 종태는 패드

4. 사랑이었을까 · 69

립은 절대 하지 않는다. 엄마는 소식을 알 수 없고 집 떠나 있는 아버지는 존재가 희미하다. 집 나간 엄마를 종태가 찾아낼 방법은 없었다. 이제는 얼굴도 가물거린다며 무심한 듯 말하지만, 그리움에 목마르다는 걸 나는 잘 알고 있었다. 종태 꿈은 무사히 졸업해 기술을 익혀 먹고 사는 것이다. 당장은 폐지를 줍는 할머니를 도와 생활비며 담배를 사 피울 용돈을 벌기 위해 제때 돈을 주는 알바를 꿰차는 것이 주된 관심사였다.

-너 기계 만지는 거 좋아는 하냐?

-좋아하기는. 그래도 기술이니까 먹고 사는 건 문제없겠다 싶은 거지. 안 되면 어디 영업이라도 뛸까 생각 중이다. 그 손가락은 왜 썩은 색이냐?

종태가 내 검지손가락을 가리키며 말했다.

-잘못됐나봐. 아버지 소식은 들었어?

손가락 얘기는 더 하고 싶지 않아 화제를 돌렸다.

-이제 끝이지 뭐. 이사까지 갔는데 찾아올 수나 있겠냐. 나중에 병들어 나타날까 무섭다.

-할머니는 계속 폐지 주우셔?

-우리 할머니 손자 먹여 살리겠다고 기를 쓴다.

-너희 할머니 김치찌개 정말 맛있었는데. 학교는 재밌는 소식 없어?

-세호랑 경환이 새끼 말야, 정학 먹었어. 그 새끼들이 좀 삭았잖냐. 이것들이 클럽에서 대학생 누나들을 꼬셔서는 자빠 뜨리려고 했나봐. 어설픈 새끼들이 걸려가지고 학주한테 존나 처 맞고, 아버지들이 싹싹 빌어서 퇴학만 면했다더라.

　-그닥 나쁘지 않은 소식이네. 현기랑 성욱이는 사고 안 치고 잘 지내냐?

　-졸라 불쌍한 새끼. 현기가 용돈에 저금통까지 몽땅 털어서 선물을 갖다 바친 여자애가 있는데, 그 김치가 선물만 홀랑 받아먹고 튀었나봐.

　-하튼 븅신 짓은 다 하고 다닌다. 넌 안 말리고 뭐 했냐.

　종태가 낄낄거렸다. 나는 교실 뒷자리에 앉아 잠깐 자리를 비운 현기를 까고 있는 듯한 착각이 들었다.

　-그건 그렇고, 니 전 여친 말야. 어, 표정이 평온한데. 깨끗하게 잊었냐? 걔가 요란하게 연애 중이다. 옆 학교 삼학년이라나, 하튼 아이돌 스타일이라던데 그 형 집에서 알아가지고 둘을 떼어놓으려고 난리가 아니었다. 모르는 애가 없어. 근데 계집애가 절대 못 끝낸다고 자살 소동까지 벌이고 개진상을 떨었대.

　지수가 자살까지 시도할 정도면 정말 가지고 싶은 게 확실하다. 원하는 걸 반드시 손에 넣어야 직성이 풀리는 아이다운

4. 사랑이었을까 · 71

선택이었다.

-걔랑 쪽난 거 이윤제 때문이지?

지수와 헤어진 이유를 깊게 생각해본 적 없다. 지수와 나의 관계는 시들어버린 꽃 같았다. 지수가 아무리 물을 주어도 뿌리까지 말라버린 나는 물을 토해내기만 했다. 꽃이 바짝 말라 부서질 즈음 우리의 관계는 깨졌다.

-윤제 때문은 아니야. 서로가 지루해진 거뿐이지.

종태는 수긍한다는 듯 고개를 주억거렸다.

-윤제 소식은 알아봤어?

눌러놓았던 말을 꺼냈다.

-숨은 붙어 있는데, 살아도 죽은 거나 마찬가지래. 수술도 두 번이나 한 거 같던데.

-의식이 없는 거야?

-식물인간이라더라. 그 높이에서 떨어졌는데 즉사하지 않은 것만도 기적이지. 전에도 자살 시도를 했었대. 약 먹었는데 걔네 엄마한테 들켰다나봐.

-어느 병원이야?

-지금은 대학 병원에 있는데 요양 병원으로 옮길 거 같애. 날짜 조정하나봐.

-옮기게 되면 그것도 좀 알아봐줘.

종태가 의아한 표정으로 나를 뚫어지게 쳐다보았다.

-너 뭐냐? 알바하라길래 하기는 한다만. 이렇게 집착하는 거 수상해.

-윤제…. 좋은 친구였잖아…. 내가 이 지경이라 너한테 부탁하는 거야.

종태는 내 속을 꿰뚫을 듯 매섭게 바라보았다.

-무슨 말이 하고 싶은 건데. 내가 게이였으면 지수를 어떻게 사귀냐.

종태는 금세 경계의 눈빛을 풀었다.

-하긴. 윤제 새끼만 불쌍하지. 걔네 엄마랑 전에 말한 병진이 엄마랑 같은 교회 다녔는데 이윤제 엄마가 윤제 기도원 보내고 병원에 입원도 시키고 그랬대. 전학 가는 날 담탱이한테 존나 처맞더니 집에서도 시달리고, 오죽하면 뒤지려고 기를 썼을까 싶은 게.

-담탱이한테 처맞아? 무슨 말이야?

-너 몰랐냐? 우리 반 어떤 새끼가 상담실에서 이윤제 존나 처맞는 거 봤잖아. 주먹으로 막 갈겨대고 더러운 새끼라고 욕하고. 이윤제 뒤지는 줄 알았대.

윤제가 전학 가는 날 아침 조례 시간에 담임은 윤제를 교탁 앞으로 불러냈다.

  -같이 공부했던 윤제가 다른 학교로 가게 됐다. 아쉽지만 학교가 시끄럽다보니 우리도 윤제를 보내게 됐다. 너희들도 편견을 버리고 윤제 배웅 잘하길 바란다. 나와 다르다고 무작정 비난을 하는 것은 민주 시민의 자세가 아니다. 남자끼리 결혼도 하는 세상이 왔다. 세상은 앞서 가는데 의식은 제자리다보니 이런 갭이 생긴 것 같다. 너희들도 다양성이 공존하는 사회에 대해 깊은 고민을 하기 바란다.

  담임은 윤제의 어깨를 다독이며 안타까운 표정을 지었다. 평소에도 진보적인 지식인임을 대놓고 뻐기던 담임이었다. 아이들은 또 잘난 척한다고 속으로 비웃었을지 모르지만 나는 담임의 말이 진심이라고 여겼다. 아니 진심이길 바랐다.

  -진짜야? 뻥 치는 거 아냐?

  -뭐하러 내가 너한테 뻥을 쳐. 돈도 안 생기는 일인데. 그 새끼 말이 액션 영화 찍는 줄 알았다더라.

  내가 윤제를 마지막으로 본 밤이 윤제가 전학을 간 날이다. 나를 만나러 왔던 날 몸이 불편해 보였던 이유가 담임에게 맞아서라니. 우리 앞에서 막힘없이 쏟아내던 인간의 존엄성과 열린 사회는 이론의 나열이었나. 가식으로 무장한 위선이었나. 윤제에 대한 담임의 이중적인 태도를 어떻게 이해해야 할지 나로서는 감이 잡히지 않았다.

-뭘 그렇게 놀란 표정을 지어. 니네 담임 가식 쩔잖아. 학교에서는 인간적이고 애들 위하는 척 되게 하다가, 뒤에서는 살벌하게 까고 다닌데.

　언제나 쿨한 척 굴던 담임이었다. 자유분방한 사람이라는 걸 드러내며 기성세대와 자신을 분리하던 그가 우리에게 보여 준 모습은 가짜였나. 다른 사람보다 튀고 싶은 심리로 덧바른 인격이었나.

　-왜 때린 거래?

　-내가 아냐. 꼴에 조언해준답시고 지껄이다 욱했나 보지. 열폭해서 지랄 떤 거야.

　세상은 복잡하고 혼란스러운 것 투성이었다.

　-근데 식물인간이 다시 살아나기도 하냐?

　-깨어나는 경우도 있어.

　-가끔 손잡고 다니는 새끼들 보면 윤제 생각나. 지네끼리 지랄을 떨던지 말던지 나만 건드리지 않으면 상관이야 없지만, 더러워. 실은 윤제가 나 찾아온 적 있었어. 알바하는데 와서는 끝날 때까지 기다리더라. 왜긴. 너 어디 있는지 아냐고. 학원 간 건 어떻게 알았는데 연락이 돼야 말이지. 너 잠수 타서 모른다니까 처음엔 안 믿더라. 내가 숨기는 줄 알고 애걸복걸하는데…. 진짜 너 좋아했나봐.

4. 사랑이었을까 · 75

가슴이 무너져 내리는 것 같았다. 들키지 않으려 목에 잔뜩 힘을 주었다. 종태를 마주할 자신이 없어 왼손에 시선을 고정시켰다.

-손가락 없어서 불편은 하겠지만 뭔 걱정이야. 넌 든든한 아버지가 있는데. 더 이상 사고치지 마라. 또 오기 힘들어.

-너나 돈 떼먹지 마.

-안녕하세요.

종태가 벌떡 일어나며 고개를 숙였다. 뒤를 돌아보니 엄마가 서 있었다.

-얼굴도 보고 싶고 걱정도 돼서요.

-꽤 먼 거린데. 일부러 와줘서 고마워. 동현이가 모처럼 좋았겠다.

엄마가 장바구니에서 도너츠를 꺼냈다.

-아니에요. 마침 가려고 했어요. 저녁 알바가 있어서요.

엄마는 일어서는 종태 손에 도너츠가 든 비닐을 들려주었다.

-그냥 가면 서운하지. 가면서 먹어.

종태를 바래다주러 병실을 나왔다. 쉼터 가까이 왔을 때 종태가 내 바지 주머니에 뭔가를 쑥 집어넣었다. 촉감으로도 담배라는 걸 알 수 있었다.

-너는 친구라는 새끼가 입원한 애한테 이딴 걸 주냐.

-손가락 썩을라나? 아껴서 피워.

종태가 실실거렸다. 녀석의 성의가 눈물겨워 순간 울컥했다.

-터미널까지 택시 타고 가. 부탁 잊지 말고.

종태 주머니에 지폐를 넣으며 말했다. 종태가 고개를 끄덕이며 병원 문을 나섰다. 쉼터 끝 벤치를 등지고 서서 주머니 속에 담배를 꺼냈다. 녀석은 기특하게도 내 취향을 잊지 않고 있었다. 빳빳한 포장지를 벗기고 한 개비를 꺼냈다. 담배는 달았다. 나 대신 윤제를 보고 와달라는 말은 차마 하지 못했다. 종태에게는 무리한 부탁이었다. 모두의 기억 속에서 잊힌 채 딱딱한 병원 침대에 누워있을 윤제를 떠올리니 가슴이 쓰렸다.

학원에 있다 집에 들어왔을 때 윤제에게서 문자가 왔다. 집 앞 놀이터 벤치에 있다며 잠깐만 볼 수 없느냐고 윤제가 물었다. 내 방 창에서는 놀이터가 한눈에 내려다보였다. 나는 커튼을 살짝 들추고 가로등을 환하게 밝힌 놀이터를 눈으로 훑었다. 놀이터 구석에 윤제가 앉아 있었다. 무슨 일일까. 궁금하지 않은 것은 아니었지만 같은 아파트 단지에 사는 성욱이 눈에 띄면 또 다른 소문이 생산될 거고 이미 동네에 유명인사가 된 나를 알아보는 누군가가 있을지도 몰랐다. 기다리다 지치면 돌아가겠지. 나는 씻고 침대에 누워 스마트폰 게임을 했다. 또 윤제에게 문자가 왔다. 잠깐이면 돼. 나는 몸을 낮추고 창밖을 보았다. 윤제가 내 방 창을 바라보고 섰다. 윤제는 내가 방에 있다는 사실을 알고 있었다. 나는 커튼을 열고 윤제를 보았다. 나는 창에서 윤제를 내려다보고 윤제는 창 밑에서 나를 올려다보았다. '브라더스'에서 그랬던 것처럼 우리는 한동안 서로를 바라보았다. 얼마나 시간을 흘려보냈는지는 기억나지 않는다. 윤제가 보일듯 말듯 손을 들어 보이고 등을 돌렸다. 윤제의 걸음걸이가 이상했다. 다리 한쪽이 불편한지 어기적거리는데다 한 손으로는 옆구리를 받치고 걸었다. 누군가에게 맞은 걸까. 집단폭행이라도 당한 걸까. 윤제를 향해 뻗어가는 손을 지그시 눌렀다. 멀어져가는 윤제의 뒷모습이 패잔병처럼 쓸쓸했다. 윤제가 가로등을 지나 시커먼 어둠 속으로 걸어 들어갔다. 나는 윤제가 시야에서 사라지고도 한참을 멍하게 창문 앞에 서 있었다.

좋은 친구잖아. 종태에게 한 말을 곰곰이 되씹었다. 종태에게 한 말은 거짓이 아니다. 윤제는 내가 제일 좋아하는 친구다. 친구에 대한 애정도 가족에 대한 애틋함도 모두 사랑의 범주 안에 있다. 나는 지수의 발랄함에 마음이 움직였고 그녀의 체온을 통해 어느 누구에게도 느껴본 적 없는 흥분에 취했다. 이성애자 부모 사이에서 태어났고 초등학교와 중학교를 거치는 동안 짧은 만남이나마 가졌던 것은 여자 친구들이었다. 대부분 먼저 내게 관심을 보였고 나는 싫지 않은 선에서 커플 흉내를 내곤 했다. 나는 내가 이성애자임을 한 번도 의심해본 적이 없다. 하지만 윤제와 종태를 향한 감정이 똑같다고 말하기에는 분명한 차이가 있다. 윤제에게 느끼는 알 수 없는 감정의 정체는 무얼까. 종태가 사고를 당했어도 윤제만큼 마음이 쓰였을까, 자신할 수 없다. 사랑한다는 윤제의 말이 종일 심장을 들락거린다. 지수에게 사랑한다는 말을 해본 적이 있었나 기억을 더듬어봐도 떠오르지 않는다. 윤제를 다시 만나면 윤제를 향한 내 감정을 확인할 수 있을 것만 같다. 꽁초를 비벼 끄고 쓰레기통에 버렸다. 주머니 속 담배가 튀지 않게 양손을 주머니에 넣어 불룩하게 만들었다. 엄마는 간호사와 수다를 떨다 나를 따라 병실로 들어왔다.

-담배 냄새 나는데?

-종태가 피우는데 옆에 있어서 그래.

거짓말이 자연스럽게 나왔다.

-걔한테 전화 자주 왔어? 하도 알려 달라길래 말해줬더니 찾아오기까지 했네.

엄마는 내가 담배를 피웠는지는 중요하지 않은 것 같다. 종태가 나를 찾아온 게 더 신경쓰이는지 못마땅한 표정을 대놓고 드러냈다.

-와줘서 고맙다며.

엄마의 변명이 궁금했다.

-고마운 건 고마운 거고. 쟤는 대학이랑은 담 쌓은 거 같은데, 껄렁껄렁한 애하고 어울려서 득이 될 건 없잖아. 앞으로 만날 일은 없겠지만.

엄마는 의자에 앉아 책을 집어 들었다. 나는 열린 창 앞에 서서 주머니 속 담배를 만지작거렸다. 나는 모르는 게 너무 많다. 가족들의 진짜 얼굴도, 심지어 내 진짜 마음도 가늠하지 못한다. 주머니 속 왼손을 꺼내 들여다보았다. 엄지손가락과 확연하게 다른 검지손가락은 잘려 휑하게 빌 거였다. 손가락도 윤제도 되돌릴 수 없다. 아무것도 할 수 없는 무력감은 작은 바람마저 무너뜨린다. 윤제는 무기력한 자신을 견디기 힘들었을 것이다. 자신에 대한 혐오를 벗어나는 길은 존재와 함께 사라지는 것이다.

나와 윤제는 교실 창가에 서서 학부형에게 사사건건 일러바치는 수학학원 선생을 씹었다. 뒤통수에 박히는 시선에 뒤를 돌아보면, 아이들은 슬그머니 고개를 돌렸다. 누가 봐도 훔쳐보다 걸린 게 티가 나는 행동들이었다. 뭐야 새끼들. 뒷담화를 하려면 모르게 하던가. 나는 속으로만 구시렁거렸다. 아침부터 시비가 붙어 하루 기분을 망치고 싶지 않았다.

점심을 먹고 나와 윤제는 운동장 스탠드에 앉았다. 종태는 알바 비를 찔끔거리는 사장에게 욕을 퍼부어댔다. 지나가던 애들이 우리를 힐끗거리다 나와 눈이 마주쳤다. 자식들은 지들끼리 키득거리며 태연하게 걸어갔다.

-쟤들 뭐냐?

종태가 의아한 얼굴로 내게 물었다.

-나도 몰라. 아침부터 이상하더라. 윤제 너는 뭐 아는 거 있냐?

윤제는 느리게 고개를 저었다.

-뭘 신경 쓰냐. 갑갑하면 지들이 먼저 들이대겠지.

종태는 까도 까도 성이 차지 않는지 사장 욕을 쉬지 않고 해댔다.

점심시간 이후 별다른 일은 없었다. 어떤 새끼건 걸리면 족치려던 계획을 눈치챘는지 대놓고 힐끔거리는 애들이 줄어들었다. 하긴 남 일에 무심한 아이들이었다. 맞는 새끼는 맞을 만하니까 맞는 거고 담임이나 학주한테 걸린 놈은 걸릴 짓을 했으니까 상담실로 끌려가는 거였다. 똑같이 잘못을 했어도 나만 맞지 않으면 누가 얻어터지건 관심을 두지 않았다.

날이 지날수록 분위기가 점점 이상했다. 급식 시간 나와 윤제가 식판을 들고 앉으면 밥을 먹고 있던 아이들이 소리 없이 일어나 자리를 옮겼다. 자리를 뜨는 아이들은 웃음을 참는 것처럼 입을 앙다물다 어느 정도 거리가 멀어지면 허리를 접어가며 웃어댔다. 나와 윤제를 한 번씩 번갈아 보며 웃는 데는 이유가 있을 거였다. 바지 지퍼가 열렸거나 모자란 짓을 하다 눈에 띄어 웃음을 유발하는 것과는 다른 무언가가 있었다. 우리가 모르는 우리의 얘기가 퍼지고 있고 아이들은 윤제와 나를 조롱거리 삼아 마음껏 비웃는 눈치였다. 짝에게 아이들 사이에서 도는 소문이 무엇인지 물었다. 글쎄 모르겠는데. 자식은 순진무구한 얼굴로 대답을 피했다. 화장실에서 부딪치는 다른 반 아이들도 몰래 히죽거리는 게 보였다. 기분은 더러웠지만 웃다 눈이 마주쳤다는 이유로 주먹부터 내뻗는 무리처럼 굴 수는 없었다. 머리를 아무리 굴려봐도 내가 윤제와 세트로 웃음거리가 될 사건이 떠오르지 않았다. 나나 윤제나 반에서 튀는 법이 없었고 나대지 않았다. 모르는 문제도 귀찮아하지 않고 알려주는 탓에 흔히 공부를 잘하는 아이가 받는 반감도 사지 않았다.

나와 윤제는 학원을 빼먹고 '브라더스'로 갔다. 종태와 성욱이, 현기에게 '브라더스'로 오라는 문자를 보냈다. 문자는 씹혔다. 한참을 구겨져 있던 차에 종태가 철문을 열고 들어왔다.

우리를 보는 종태 얼굴이 험하게 일그러졌다. 종태는 서서 담배를 피웠다. 나와 윤제는 종태가 먼저 말을 꺼내기 전까지 기다려야 했다.

-존나 빡치네. 니들 여기서 뭔 짓 했냐.

종태가 자근자근 말을 씹어뱉었다. 나와 윤제는 그때까지도 무슨 이야기를 하는지 짐작조차 못했다.

-알아듣게 말을 해. 우리가 하긴 뭘 했다고 쌩으로 쑈를 하고 지랄이야.

나는 당장이라도 주먹을 내지를 것처럼 어금니를 앙다물었다. 달아오를 대로 오른 열이 터지기 직전이었다. 뒤늦게 도착한 현기와 성욱이는 나와 윤제를 흘낏거릴 뿐 말도 섞지 않았다.

-똥 싼 새끼가 더 지랄이라더니. 개소리 할 생각 마 새꺄. 새끼들이 우리보고 호모 집단이냐고 하더라. 씨발, 여기가 브라더스야, 시스터스야.

종태가 담배꽁초를 내 앞으로 던졌다.

-우리까지 더러운 호모 만들지 말고 꺼져라.

종태가 팔짱을 끼고 서서 우리를 꼬나보았다.

-드러운 새끼들. 진짜 토 나온다.

성욱이가 비아냥거렸다.

-호모라니. 뭔 개소리야.

4. 사랑이었을까

-꼭 내 입으로 말을 해야겠냐? 니들 둘이 여기서 뭔 짓거리 했잖아. 본 사람이 있어.

윤제가 얼굴이 하얗게 질려 내 팔을 잡았다. 순간 발이 수십 개 달린 털북숭이 벌레가 온몸을 기어 다니는 것처럼 소름이 돋았다. 윤제가 나를 잡아끌었다. 조금 전까지 뻗치던 화가 순식간에 얼어붙었다.

-이제야 감이 잡히냐?

나는 윤제 팔에 끌려 문을 나왔다.

-김동현, 누가 봤는지 말해줄까? 니 여친. 걔 빡 돌았어.

종태가 문밖으로 고개를 내밀고 소리를 질렀다. 놀라 돌아보는 나를 향해 종태가 가래침을 돋우어 뱉었다.

나와 윤제는 무작정 시장통을 걷다 어둑한 놀이터로 들어갔다. 윤제도 나도 입을 열지 못했다. 나와 윤제는 의식적으로 그 일을 잊으려 했다. 말로 꺼내본 적도 없었고 그날의 분위기가 우리를 우리의 의지와는 상관없는 행동으로 몰아갔던 거라고 여겼다. 누군가 우리를 지켜보았을 거라는 의심은 해 본 적도 없었고 꿈결처럼 가볍게 스쳐간 순간이 우리의 일상을 뒤흔들어 놓을 거라고는 상상조차 하지 못했다. 윤제와 내가 입맞춤하는 순간을 포착해 아이들에게 퍼트린 사람이 지수라고 했다. 나는 머리를 쥐어뜯었다. 하필 지수라니. 미끄럼틀 귀퉁이에 달린 폐타이어를 발로 사정없이 걷어찼다. 전화도 받지 않고 만나주지도 않은 이유가 그것 때문이었나. 하필 그 시간에 지수는 왜 우리 아지트에 온 걸까. 나와 윤제는 밖에서 나는 인기척을 전혀 알아채지 못했다. 그 순간 나와 윤제는 우리를 둘러싼 현실에서 이탈한 존재들이었다. 다시 현실로 돌아왔을 때 나와 윤제는 모든 것을 잊었다. 적어도 나는 그랬다.

—애들이 왜 그렇게 비웃었는지 아냐. 니들 슈렉이랑 피오나로 불려. 윤제 생긴 거 보고도 그런 맘이 드냐? 너 어디 잘못된 거 아냐?

종태의 말이 갈고리처럼 박혀 빠지지 않았다. 그들은 나와 윤제를 이리저리 돌려가며 가지고 놀았다. 우리의 외모가 비교될수록 말장난은 늘어나고 싫증날 때까지 집요하게 물어뜯을 거였다. 윤제와 나는 '브라더스'에서 추방당했다. 성욱과 현기와 종태도 윤제와 나처럼 이리저리 조리돌림을 당했을 거였다. 종태는 호모 집단이라는 누명을 벗기 위해 누구보다 앞장서서 나와 윤제를 까고 다닐 것이다. 나와 윤제는 바다 위에 난민처럼 갈 곳이 없었다. 고개를 숙인 채 꼼짝도 않던 윤제가 입을 열었다.

—미안해…. 내가 그러지만 않았어도…. 정말 미안해.

윤제는 고해성사를 보는 죄인처럼 고개를 떨구었다.

-왜 그런 거야. 말해봐.

나는 조용히 물었다. 한참을 뜸을 들이다 윤제가 입을 열었다.

-미안해…. 나는 그냥 너를… 너를 만져보고 싶었어. 니가 조각도를 쥔 내 손을 잡을 때부터 너를 만지고 싶은 충동을 참을 수가 없었어. 니가 주먹을 내지르면 맞으려고 했어. 그런데 니가 가만히 있으니까 나도 모르게 입술까지…. 미안해. 정말 일이 이렇게까지 커질지 몰랐어.

윤제의 어깨가 가늘게 떨렸다. 큰 덩치가 머리를 무릎 사이에 묻고 흐느꼈다. 울고 있는 윤제의 어깨에 손을 올리기가 조심스러웠다. 내 행동이 다른 감정으로 오해받는 것이 아닐까 겁이 났다.

-나도 알아. 너는 나와 다른 감정이라는 거.

윤제는 내 얼굴을 똑바로 쳐다보지 못했다. 나는 말을 듣고 있기가 곤혹스러웠다. 더 있다가는 윤제를 걷어찰 것만 같았다.

나는 윤제를 두고 먼저 놀이터를 빠져나왔다. 그날 나는 윤제를 뿌리치지 않았다. 나 자신도 그 감정이 무엇인지 정의내릴 능력이 되지 않는다. 윤제가 내게 지닌 감정은 낯설었다. 나는 지수를 좋아한다. 지수와의 스킨십에 달아오르고 그녀의 입술에 온몸이 반응한다. 윤제는 친구다. 모든 걸 나눌 수 있는 사이지만 지수처럼 욕망이 생기지 않는다. 영화에나 나올 법한 황당무계한 이야기에 주인공이 될 거라고는, 정말 단 한 번도 상상해본 적이 없었다.

종태에게 전화를 걸었다. 녀석은 전화를 받지 않았다. 나는 윤제가 그랬던 것처럼 윤제를 만지고 싶은 충동을 느껴본 적이 없었다. 나는 게이가 아니다. 억울한 오해는 풀어야 한다. 성욱이에게 전화를 걸었다. 전화를 받을 수 없다는 냉랭한 목소리만 들렸다. 다시 현기에게 전화를 걸었다.

-그건 오해야. 윤제랑 나 그런 사이 아니야.

-다른 애들은 그렇게 생각하지 않아. 우리 반 새끼가 나보고도 윤제랑 무슨 사이냐고 물었어.

-너도 아니라는 거 잘 알잖아.

-몰라. 나 전화 끊어야 해.

현기가 전화를 끊었다. 전화를 끊고 나서야 일일이 해명할 수 있는 일이 아니라는 사실을 깨달았다. 아이들과 마주칠 매 순간순간들이 두려웠다. 좀 더 충격적이고 자극적인 일이 터지지 않는 한 나와 윤제는 그들의 밥상에 머물게 될 거였다. 온갖 추잡한 말들이 난무하다 먼지처럼 흩어질 때까지 기다려야 한다.

윤제와 나의 소문이 선배들 귀에도 들어갔는지 교실까지 와서 나와 윤제를 보고 가는 선배가 있었다. 윤제는 얼평의 꼭 대기까지 끌려 올라갔다. 나와 윤제는 짧게 스쳐가는 눈빛마저 들킬세라 서로 거리를 두었다. 붙어다니는 행위는 자살이나 다름없었다. 우리는 각자 등하교를 했다. 종태와 성욱과 현기를 마주칠 때도 있었지만 함께 어울려 놀았던 시간이 모두 삭제된 듯 서로 덤덤히 스쳐갔다. 시간이 지나면 아이들의 기억 속에서 윤제와 나에 대한 소문이 희미해지고 모든 것이 다시 제자리로 돌아올 수 있으리라 여겼다. 냄비보다 더 자주 끓어오르고 식는 아이들 세계에서 그 시간은 예상보다 짧을 수도 있었다.

체육 시간 수업 종이 울리고 아이들이 운동장으로 몰려간 사이 나는 화장실로 향했다. 소변기 앞에 선 내 등 뒤에서 희희덕거리는 소리가 들렸다. 손을 닦고 돌아섰을 때 세호와 경환이가 화장실 문 앞에 서서 나를 향해 묘한 포즈를 취했다. 문을 잡고 선 세호의 등 위로 경환이가 올라타는 듯한 민망한 자세였다.

-너… 후장 따인 거 아냐?

경환이가 내게 엉덩이를 들이밀며 말했다.

-꼴리지? 후장 보니까 꼴리지 않냐? 니들은 여기다 한다며.

나는 몸을 날려 경환이의 엉덩이를 발로 찼다. 바닥으로 거꾸러진 경환이를 올라타 녀석의 목을 졸라댔다.

-개새끼야 니가 봤어? 내가 바지 내리는 거 니가 봤냐고?

목을 졸린 경환이가 버둥거렸다. 세호가 내게 몸을 날렸다. 나는 벌러덩 나자빠졌고 두 녀석이 한꺼번에 덤볐다. 두 놈을 상대하기에 나는 너무 약했다. 나는 두 녀석에게 번갈아가며 맞았다. 갑자기 앞이 어두워지더니 윤제의 커다란 몸이 내 앞을 가로막고 섰다. 윤제의 주먹이 경환이의 턱을 날렸고 세호가 윤제 덩치에 눌려 버둥거렸다. 우리는 체육 선생 앞에 꿇어앉아야 했다. 세호와 경환이는 윤제에게 일방적으로 맞았다고 목소리를 높였다. 체육 선생이 내게 왜 먼저 애들을 때렸냐고 물었다. 나는 입을 다물었다. 싸움의 발단을 설명하는 것은 나 스스로 올가미를 뒤집어쓰는 행위일 뿐이었다. 체육 선생님은 우리를 교무실로 끌고 가 담임 책상 앞에 무릎을 꿇렸다. 나대지 마 새끼야. 장난친 거 가지고 왜 그렇게 예민하게 굴어. 세호가 낮은 목소리로 말했다. 이윤제 새끼처럼 짜져 있으란 말야. 입가에 걸린 웃음은 야비했다. 윤제를 바라보았다. 윤제는 죄인처럼 머리를 푹 숙이고 앉았다. 세호의 이기죽거리는 얼굴보다 비굴해 보이는 윤제를 참을 수 없었다. 나는 윤제 얼굴에 주먹을 내리꽂았다. 윤제의 안경이 날아가고 윤제의 눈가가 찢어져 피가 흘러내렸다. 학주가 몽둥이를 들고 뛰어와 윤제에게서 나를 떼어냈다. 등신 같은 윤제는 저항하지

4. 사랑이었을까

않았다. 저것들 사랑 싸움하나봐. 경환이가 실실 쪼개며 하는 말이 내 신경을 건드렸다. 나는 윤제를 향해 사정없이 발을 뻗었고 다른 책상에 앉아 있던 선생님까지 달려와 나를 붙잡았다. 나는 학주에게 따귀를 맞고서야 진정됐다. 나는 상담실로 보내졌고 윤제는 양호실로 가야 했다. 종례시간이 되기까지 나는 윤제를 때린 이유에 대해 말하지 않았다. 윤제도 나와 마찬가지로 맞은 이유에 대해 입을 다물었다.

종례시간에 나와 윤제는 교탁 앞으로 불려 나갔다.

-간이 배 밖으로 나왔지. 교무실에 와서까지 싸워? 제정신이야. 김동현, 미친놈처럼 달려든 이유가 뭐야.

나와 윤제는 바닥에서 시선을 떼지 않았다.

-그래, 처음부터 가보자. 경환이는 왜 때린 거야.

담임은 입을 다문 나를 쳐다보다 아이들에게 물었다. 아이들은 서로 눈치만 볼 뿐 입을 떼지 않았다.

-니들은 알 거 아냐. 이것들이 단체로 개기네. 경환이 일어나봐. 니가 가만히 있는데 동현이가 목을 졸랐냐?

경환이는 입술을 물어뜯기만 했다.

-김동현 니가 그런 거 맞아?

나는 작은 목소리도 네, 라고 대답했다.

-그럼 윤제는 왜 이 모양으로 만든 거야. 너 미쳤냐? 너 파

이타야? 대답 안 해? 묵비권 행사하면 그냥 넘어갈 수 있을 거 같지. 경환이 목 조른 일은 꽤 심각한 일이야. 생기부에 올리고 벌점 받고 부모님 모시고 와야 해. 말을 해야 쉴드라도 쳐줄 거 아냐. 학폭위 열리면 손도 못 쓴다. 번거롭게 할 거야?

 -실은… 제가 김동현이를 좀 놀렸습니다.

입을 다물고 있던 경환이가 불쑥 튀어나왔다.

 -뭐라고 놀렸는데.

 -그냥 장난친 건데 혼자 급발진한 거예요….

 -무슨 장난을 쳤는데.

 -애들은 다 알아요. 김동현이랑 이윤제가 그렇고 그런 사이라는 거요.

나는 무릎이 꺾이는 것만 같았다. 가까스로 다리에 힘을 주고 섰지만 이젠 일이 커질 대로 커져 수습할 수 없는 지경까지 이르고 말았다.

담임은 어이없다는 표정을 지었다. 담임의 입에서 피식 바람 빠지는 소리가 새어나왔다.

 -얘네가 무슨 사인데.

 -게이들이에요.

 -아닙니다. 저는 게이가 아닙니다.

나는 눈을 부릅뜨고 또박또박 말했다. 담임은 나를 한 번 힐

4. 사랑이었을까 · 91

끗거리고 말았다.

─기운이 남아도니까 치고 박고, 그렇게 할 일이 없냐. 고딩이나 됐으면 앞가림 좀 해. 쓸데없는 짓거리에 한눈팔지 말고.

─선생님. 김동현이 거짓말하는 겁니다. 김동현이랑 이윤제랑 키스하는 거 본 사람이 있습니다. 김동현이랑 이윤제는 소문을 알고도 부인하지 않았습니다.

세호가 자리에서 일어나 말했다.

─키스를 해? 너희들에겐 그게 그렇게 중요한 일이냐? 그런데 신경 쓸 시간 있으면 수학 문제 하나라도 더 풀어라.

─선생님, 말이 나온 김에 확실하게 알고 가야 하는 거 아닙니까? 제가 없는 말을 한 것도 아닌데 맞은 게 억울합니다.

나는 고개를 들고 세호 자식을 노려보았다. 녀석은 재미있다는 듯 싱글거렸다.

─그래? 동현이는 아니라고 했고, 윤제 대답만 들으면 확실해지겠네. 이윤제, 김동현이랑 어떤 사이야?

윤제는 아무런 대꾸가 없었다. 윤제가 아니라고 말하면 서로의 오해가 불러온 우발적인 폭행 정도로 마무리될 수 있었다.

─너는 김동현을 어떻게 생각하는데. 너 남자 좋아해?

옆에 선 윤제 몸이 바들바들 떨렸다. 교탁으로 쏠린 시선들은 윤제의 입만 바라보았다. 담임 입가가 묘하게 뒤틀렸다. 담임은 이 상황을 즐기는 것 같았다.

 -니가 이렇게 뜸을 들이니까 나도 궁금해진다. 뭐야? 빨랑 말해. 집에 좀 가자.

 -저는…. 남자를 좋아하는 게 아닙니다.

 -그럼 됐네.

 담임이 그럴 줄 알았다는 듯 고개를 끄덕였다.

 -구라치는 거에요.

 세호가 지지 않고 말을 받았다. 담임이 확인하듯 윤제를 쳐다보았다.

 -저는… 남자가 아니라 동현이를… 좋아합니다.

 여기저기서 키득거리는 소리가 들리더니 누군가 입술로 휘파람을 불었다.

 -나는 아니라고. 나는 너 같은 새끼 좋아하지 않는다고.

 나는 윤제의 멱살을 쥐고 소리를 질렀다. 교실은 술렁거렸고 담임은 두 눈을 동그랗게 뜨고 우리 둘을 바라보았다.

 -김동현 그 손 놔.

 담임 말이 귀에 들어올 리 없었다. 나는 윤제의 얼굴이 빨갛게 되도록 목을 틀어쥐었다. 담임이 손짓으로 반장과 부반장을 불렀다. 그들은 양쪽에서 내 팔을 붙들었다. 목이 풀려난 윤제가 밭은기침을 해댔다.

4. 사랑이었을까

-우선 두 사람은 남아.

담임이 벽시계를 올려다보았다.

-너희들은 조용히 밥 먹는다. 이 일은 절대 밖으로 새나가지 않도록 조심하고. 입 나불거리면 죽는다.

아이들이 하나둘 자리에서 일어났다. 석식 시간은 많이 지나 있었다.

나와 윤제는 멀찌감치 떨어져 앉았다. 교탁 앞에 선 담임은 무언가를 생각하는 눈치였다.

-이윤제, 꼭 그렇게 말해야 했냐? 너만 입 다물면 되는 일을, 골치 아프게 생겼다. 키스했다는 소문은 사실이야? 별 짓거리를 다 하고 다니네. 우선 니들은 소문이 거짓이라고 부정해라. 봤다는 사람 입단속도 하고. 학부형들 아는 날엔 아주 피곤해져.

담임 목소리에 짜증이 묻어났다.

담임이 우려하던 일이 벌어지고 말았다. 윤제와 나의 스캔들은 다른 학교까지 퍼져 나갔고 학부모들의 귀에 들어갔다. 누군가 의도적으로 흘렸음이 분명하지만 범인을 밝혀낼 수 없었다. 출처가 불분명한 소문이었다면 문제가 불거지지 않았을 것이다. 윤제가 남자인 나를 좋아한다고 공식적으로 인정한 일의 파장은 컸다. 담임은 하루에도 몇 번씩 학부모들의 항의 전화에 시달렸다. 직접적으로 윤제와 나의 이름을 들먹이며 자기 자식에게까지 나쁜 영향을 미친 것은 아닌가 묻는 학부모부터 아이들과 격리를 시켜달라는 학부모도 있었다. 재발 방지를 약속하는 학교 측의 가정통신문이 뿌려졌고 교내 설문조사가 실시되었다. 학부모회가 공식적으로 학교에 면담을 요청해 대책위원회라는 것이 꾸려지고 엄마와 윤제의 부모님과 경환이와 경환이 부모님, 담임과 나와 윤제, 교장과 운영위 대표가 참석했다. 윤제는 그 자리에서 모든 걸 인정했다. 내게 먼저 키스를 했으며 오래전부터 나를 좋아했다는 말을 차분하게 털어놓았다. 나는 윤제를 이성으로 좋아해 본 적이 한 번도 없으며 그날의 키스도 일방적이었다고 항변했다. 나는 경환이를 폭행한 벌로 5일 정학을 받았다.

  학부모들의 반응은 격렬했다. 이해되지 않았다. 누군가를 해코지한 것도 아니고 피해를 준 것도 아닌데 치명적인 바이러스를 만난 것처럼 호들갑을 떨었다. 빈둥거리며 보내는 5일 동안 죄인처럼 얼굴 한 번 들지 못하고 장승처럼 서 있던 윤제가 눈에 밟혔다. 다시 학교를 나갔을 때 사방에서 쏟아진 화살들이 뒤통수에 무더기로 와 박혔다. 윤제는 볼살이 쏙 빠진 초췌한 몰골로 구석 자리에 석상처럼 앉아 있었다. 몇몇 아이들이 내게 다가와 어깨를 툭툭 치며 웃어 보였다.

-윤제 새끼를 좋아하는 여자애가 있다고 해도 놀랄 판에 같은 남자가 말이 되냐?

-너무 수준 차이가 나잖아.

-게이들은 다 예쁘장하던데. 저 덩치에, 산적 같은 얼굴에, 이윤제는 도대체 이게 실화냐?

그들은 윤제를 몰랐다. 윤제는 멋있는 아이였다. 어려운 수학 문제를 대하는 열정과 진지함은 빛났고 세계의 역사와 문화를 풀어놓을 때는 시크한 매력까지 풍겼다. 윤제의 지적 세계를 모르는 애들은 단순히 외모로만 그를 평가하려 했다. 아이들은 윤제가 공부를 잘한다는 이유로 무시하지 않는 것뿐이었다. 종태와 현기는 무슨 말인지 모르겠다며 윤제의 말을 흘려들었지만 나는 윤제와 나누는 이야기들이 숨겨두고 혼자 먹는 간식처럼 달콤했다. 윤제의 매력을 아는 것만으로, 선택받은 자라는 자부심을 만끽했다.

윤제와 나는 사는 세상이 달라졌다. 나를 좋아한다는 이유로 윤제는 무리에서 추방당했고 나는 쫓겨간 그를 외면했다. 윤제와 나는 같은 반에 있으면서도 분리된 세계에서 생활했다. 윤제는 가끔 메일을 보냈지만 나는 할 말이 뒤엉켜 한 글자도 적을 수 없었다. 윤제는 아이들의 눈에 띄지 않기 위해 화장실도 가지 않고 매점 출입도 하지 않았으며 급식도 거의 끝나갈 무렵 허겁지겁 먹어치웠다. 아이들은 처음부터 윤제가 왕따였던 것처럼 윤제의 존재를 지웠다.

나는 '브라더스'에 다시 발을 디뎠다. 학교와 학원만 오가던 내게 브라더스는 숨쉴 수 있는 유일한 공간이었다.

-진짜 누가 알았겠냐. 그 새끼가 호모인지. 생각만 해도 오싹하다. 너는 어떻게 하다 그런 새끼한데.

-힘으로 덤비는 걸 난들 어쩌겠냐. 당하는 수밖에.

나는 아무렇지도 않게 거짓말을 했고 아이들은 내 말을 의심하지 않았다. 덩치만 비교하면 내가 윤제를 당해낼 방법은 없다. 수많은 시간을 어울렸으면서, 윤제가 주먹으로 문제를 해결하는 아이가 아니라는 사실을, 종태와 현기는 기억해내지 못했다. 우리가 알고 있던 윤제에 대한 정보는 자동으로 삭제되고 혐오스러운 게이의 이미지가 새롭게 입력되었다. 종태가 우리의 얼굴 조각판이 나란히 걸려있는 가운데서 윤제의 얼굴 조각판을 떼어냈다. 종태가 윤제 얼굴 조각판을 싱크대 모서리에 내리쳤다. 윤제의 얼굴이 반으로 쪼개졌다. 꼭 그럴 필요까지 없잖아. 윤제가 너희들을 괴롭힌 것도 아닌데. 내 안의 말들은 맥없이 스러졌다. 종태는 확인이라도 하려는 듯 쪼개진 조각판을 들고 나를 쳐다보았다. 나는 아무렇지도 않은 표정으로 귀찮다는 듯 팔베개를 하고 누웠다. 종태가 깨진 조각판을 싱크대 뒤로 던졌다. 종태가 페이스북에 올라온 동영상을 보며 킬킬거렸다. 나도 종태와 현기를 따라 웃었다. 아지트에서 아이들과 놀다 집에 돌아와 누우면 좁고 습한 공간에 끼어있을 윤제의 조각난 얼굴이 생각나 잠을 설치곤 했다. 점심시간이면 운동장 구석 나무 벤치 끝에 쪼그리고 앉아 먼 산바라기를 하는 윤제를 보곤 했다. 미안한 마음을 가슴 안에 꼭꼭 숨겨둔 채 혼자 앓는 시간이 늘어났다. 나는 뭐가 그리도 두려웠을까.

미련한 새끼. 아니라고 할 수도 있잖아. 아니라고 했으면 그렇게 맞고 무시당하고 혼자 남지는 않았을 거 아냐. 나는 눈을 질끈 감았다. 칼날이 몸속에서 회전을 하는 것만 같았다. 보고 싶어 동현아. 윤제의 목소리에 귀 기울였다면 윤제는 스스로 뛰어내리지는 않았을 것이다. 나와 연결된 한 가닥 끈에 매달려 있던 윤제를 차버린 건 나였다. 시간을 되돌릴 수 없다는 사실이 온몸을 할퀴어댔다.

-왜 그렇게 넋을 놓고 있어.

등 뒤로 엄마의 목소리가 들렸다. 기지개를 켜는 척하며 소매로 눈물을 닦았다.

-잠깐 산책 좀 하고 올게.

엄마가 말할 틈을 주지 않고 뛰다시피 병실을 나왔다. 담배를 피우고 싶었지만 쉼터에는 보는 눈이 많았다. 벤치 옆에 웅크리고 앉았다. 주머니 속 휴대폰이 울렸지만 받지 않았다. 하늘이 분홍빛으로 물들었다. 산책 나온 이들이 탄성을 지르며 하늘을 바라보았다. 하늘은 무심할 정도로 아름다웠다. 세상이 눈부실수록 서러움이 가슴에 고인다. 걱정도 미련도 없는 하늘은 나와 상관없이 흘러간다. 눈물이 주르륵 흘렀다. 윤제에 대한 그리움이 목까지 차올라 눈물로 번졌다. 윤제야 저 구름처럼 흘러가지 마. 아직은… 아직은. 쉼터에 어둠이 찾아드는 동안 나는 입속으로 같은 말을 되풀이했다.

5. 다시 한옥학교로

 접합한 손가락을 잘라냈다. 의사는 괴사가 진행된 상황이라 잘라내는 것이 최선이라고 말했다. 소시지처럼 동그란 붕대를 풀면 가운데가 휑하게 비어 엄지와 새끼손가락만 온전한 모양이 된다. 통증이 손등까지 퍼졌다. 죽은 살덩이를 떼어냈는데 무언가를 빼앗긴 기분이 들었다.

 병실 밖이 소란스러웠다. 까무잡잡한 검은 곱슬머리 남자와 눈이 부리부리한 남자가 따완과 함께 들어왔다. 따완의 침대에 앉은 그들이 나를 발견했다. 따완이 손짓으로 나를 불렀다. 그들 손에 들린 건 치킨과 콜라다. 마침 엄마가 병실에 들어와서 그들과 눈이 마주쳤다. 엄마가 먼저 시선을 피했지만 짧은 순간 그들은 병실에서 치킨을 먹을 수 없다는 걸 알아챘다. 나는 엄마의 만류에도 링거 거치대를 끌고 따완 일행을 따라나섰다. 살갗을 스치는 햇살이 뜨거워도 아직은 서늘한 바람 덕에 견딜만했다. 쉼터에 환자와 방문객들이 나와 따완 일행을 번갈아 바라보았다. 그들은 경계하는 눈빛으로 우리를 주시했다. 불량한 십 대 아이들을 바라보듯 불편한 시선이었다. 우리는 구석진 자리를 찾아 앉았다.

따완이 친구라며 두 사람을 소개했다. 두엉과 칸이 내게 환하게 웃어 보였다.

-따완한테 동현이 좋은 아이라는 말 많이 들었어. 그래서 얼굴 보러 왔어.

두엉은 한국말이 유창했다. 한국어를 녹음해 듣고 한국 드라마를 매일 보며 발음을 익혔다고 했다. 두엉은 처갓집 양념 치킨을 맛있게 뜯었다. 입가에 묻은 붉은 양념을 혀로 핥는 모습이 자연스러웠다.

-양념은 맵지 않아요?

-우리 김치 잘 먹어. 김치찌개도 좋아해.

두엉이 엄지손가락을 치켜 올리며 말했다. 종이 상자에 닭뼈가 쌓이는 동안에도 사람들은 우리를 흘낏거렸다. 나와 눈이 마주친 아주머니가 재빨리 시선을 피했다. 두엉이 내 손에 치킨 조각을 쥐어주며 신경쓰지 말라고 했다. 태연한 그의 반응이 신기했다.

-한국 사람들 다 저래. 공장 앞에 식당 아주머니도 처음엔 동물원 온 것처럼 맨날 쳐다봤는데 나중에는 밥도 마니 줬어.

나보다 동현이가 더 이상해 보일 거야. 우리한테 말 거는 사람은 공장 사람들이랑 마트 캐셔들뿐이냐. 사람들은 우리랑 멀리 떨어져서 걸어. 우리도 다른 사람들 잘 안 봐. 우리끼리 얘기해.

두엉이 뼈에 붙은 살점을 깨끗하게 발라먹으며 말했다. 듣고 보니 사람들 시선이 나를 향한 것 같았다.

-나는 사람들 눈 안 피해. 상대가 눈 피하 때까지 끄까지 바. 그러면 사람들이 먼저 피해. 우리 시러하는 거 아라. 공장에서 제일 마니 들었던 말이 개새끼야. 실수해도 개새끼, 맘에 안 드러도 개새끼라고 불러.

칸은 치킨 무를 좋아했다.

-한국에서는 그냥 흔한 욕이에요. 우리들도 입만 열면 개새끼 하는 걸요.

-반장 우리한테만 개새끼 해써. 가치 일하는 한국 사람들한테는 이 새끼 저 새끼 안 하는데 우리한테는 이름 대신 개새끼라 불러써. 그러케 안 봐도 대. 동현이 미안하지 아나도 돼. 나 이제 익쑤케. 신경 안 써.

-우리 한국 사람 되쑤 업써. 한국 사람들도 우리 친구로 생각 안해. 우리 돈만 벌면 돼. 나 한국 두 번째야. 처으멘 와서 배추랑 무 뽀봤어. 너무 힘들고 추웠어. 매일 코 흘리고 다녀써.

따완이 코를 만지작거리며 웃었다.

-한국 사람들은 백인한테는 대답 잘 해줘. 우리가 말 걸면 겁먹어.

두엉이 손바닥을 위로 올리며 입을 비쭉였다.

-안 그런 사람도 있을 거에요.

애써 변명을 했지만 부끄러움은 어쩔 수 없었다.

-마자, 조은 사람도 이써. 나 손 수술하는 거 도와준 사람, 한국 사람이야.

따완보다 내가 안심되는 말이었다. 두엉은 물티슈로 손가락을 깔끔하게 닦아내고 먹은 자리까지 정리했다. 몸에 밴 부지런함이 그가 한국에서 지금까지 버틸 수 있는 비결로 보였다.

-따완 보러 오면 동현도 볼 수 있는 거야?

-실은 저, 며칠 있으면 퇴원해요.

-이제 모빠? 아십따. 동현 이제 하녹 하꺼야?

따완이 한꺼번에 질문을 해댔다.

-나 가구 공장 다녀. 하녹 알아.

칸이 아는 척 나섰다.

-칸 아저씨는 나무 잘 다루겠네요. 저 한옥 짓다 왔어요. 따완 형은 치료 언제까지 받아요?

따완의 손은 실밥 자국이 남아 있지만 원래의 피부색으로 돌아왔고 움직이는데 지장은 없어 보였다.

-나도 곧 병원에서 나가야 해.

-따완 퇴원하면 우리랑 살 거야. 지금은 일 알아보고 있어.

-그래서 주말이면 나가셨군요.

-오늘은 잡혀간 친구 물건 정리하러 가야 해. 다른 공장 다니는 친군데 잡혀갔어.

두엉의 목소리가 침울했다.

-형들은 잡히지 말고 잘 사셨으면 좋겠어요.

두엉과 칸과 따완이 내 말에 고개를 끄덕였다.

-형이라고 말해져서 고마워. 한국 사람들 우리 시러하지만 우리 필요하자나. 우리도 알아.

칸이 활짝 웃었다.

-나는 한국 생활 8년 했어. 난 한국 좋아.

두엉이 칸을 따라 입을 크게 벌리고 웃었다.

-우리 한국 와서 웃는 기술 늘었어. 개새끼 들어도 웃고, 농담해도 웃어. 화나면 더 웃어. 웃으면 덜 슬퍼. 한국 사람들은 웃는 사람 좋아해. 동현도 손가락 빨리 나아. 불편하겠지만 곧 적응할 거야.

하얀 이를 드러내고 유쾌하게 웃는 그들의 모습이 오래 기억될 거였다. 자판기 커피를 마시는 사이 엄마가 전화를 걸어

나를 찾았다. 병실로 돌아왔다. 엄마는 지금까지 따완 형과 있었냐며 얼굴을 찡그렸다.

-따완 형 곧 퇴원한대.

-그 사람이 어딜 봐서 니 형이야.

-엄마 나 퇴원하면.

-천천히 계획 세워보자.

-나… 한옥학교로 돌아가고 싶어. 우리 기수 몇 주 안 남았어.

-병원에 있느라고 제대로 하지도 못하고 곧 끝날 건데 뭘 더 해보겠다는 거야. 이젠 네 앞가림해야지.

나무를 더 다뤄보고 싶다는 진심은 통하지 않았다. 엄마는 아쉬운 마음에 해본 말이라고 여기는 것 같았다.

-시작한 일 끝내고 싶어. 같이 만들지는 못했지만 나무 자르고 대패질하면서 나무랑 관련된 일을 하고 싶다는 목표가 생겼어. 빈말 아니야. 조각도 다시 해볼 거야. 내가 정말 하고 싶은 일이 맞는지 확인하고 싶어.

-그게.

따완이 들어오는 바람에 엄마는 말을 끊었다. 옷을 갈아입은 따완이 가볍게 손을 흔들고 병실을 나갔다. 엄마는 할 말 가득한 얼굴로 나를 쳐다보다 벌떡 일어나 병실을 나갔다. 엄마는 내가 고집을 부린다고 여기는 것 같다. 형과 나는 순종적인 아이였다. 자유로운 집안 분위기 속에서 스스로 수긍할 때까지 기다려준 아버지 덕에 큰 갈등 없이 사춘기를 보냈다. 한때 형은 프라모델에 빠졌었다. 어떤 계기로 그 많은 피규어를 처분한 것인지 모른다. 형은 생명공학과에 들어갔고 자신의 선택에 불만은 없다. 나는 특별하게 하고 싶은 일도 없었고 가슴 뛰는 일을 만난 적도 없다. 나무를 깎고 다듬으며 처음으로 확신이 생겼다. 지금까지 아버지의 바람과 권유가 선택의 큰 몫을 차지했지만 나무를 선택한 내 결정을 온전하게 믿고 싶다.

 퇴원 수속을 하러 아버지가 오셨다.
 −상태 좋아지면 손가락 수술 다시 하고 실리콘 손가락도 붙이자. 손가락 몇 개 없는 간단한 문제가 아니다. 작은 약점도 부지불식간에 무시당하는 세상이야.
 −아버지, 저 한옥학교로 돌아가고 싶어요. 아직 교육 기간이고 졸업도 얼마 안 남았어요. 저 끝까지 해보고 싶어요.
 짐을 챙기던 아버지가 침대에 앉았다. 아버지는 나를 뚫어져라 쳐다보았다. 습기 하나 없이 바짝 마른 공기에 숨이 막혀왔다.
 −고작 도망치겠다는 데가 거기냐. 이 지경이 되고도 정신을 못 차리는구나. 그 손으로 뭘 할래. 공부가 최선인 거 모르겠

니?… 어리석은 선택에서 벗어날 줄 알았더니, 내가 쓸데없는 기대를 했구나.

-아버지 정말 해보고 싶어요. 진심으로요.

아버지에게 이토록 간절하게 무언가를 말해 본 적이 없었다.

-허락하지 않으면 어쩔 생각이냐.

-하게 해주세요. 저 조각도 다시 하고 싶어요.

-너야말로 다시 생각해봐. 어떤 게 네 미래를 위한 일인지.

-제게 확인할 기회를 주세요.

아버지가 일어서 침대 주위를 서성거렸다.

-실망시켜드려 죄송해요. 하지만 여기서 포기하고 싶지 않아요.

나는 물러설 수 없었다.

-니 생각이 그렇다면 어쩔 수 없지. 시간을 좀 더 주마. 당신이 데려다줘. 나는 수속 마치고 서울로 갈 테니까.

아버지 얼굴에는 표정이 없었다. 허락인지 체념인지 알 수 없는 말이었지만 한옥학교로 돌아갈 명분이 생겼다. 아버지가 병실을 나가고 엄마는 아버지를 놓칠세라 바쁘게 뛰어나갔다. 엄마는 분명히 나를 데려가자고 아버지를 설득할 거였다. 챙기다 만 짐을 가방에 넣고 수납장에 있던 종이 가방을 꺼냈다. 검정고시 문제집을 제외한 나머지 문제집을 창밖으로 던졌다. 곡선을 그리며 날아가던 책들이 나무 틈에 걸려 트리장식처럼 매달렸다. 문제집은 정말 내게 필요할 때 얼마든지 살 수 있다. 지금은 내게 족쇄일 뿐이다. 주머니 속 담배도 창밖으로 던졌다. 종태에게는 미안하지만 담배에 의지하고 싶지 않았다.

차를 타고 가는 내내 엄마는 한마디도 하지 않았다. 자동차 한 대가 겨우 지나갈 수 있는 포장도로 끝에 한옥직업학교라는 나무 팻말이 보였다. 주차장에 차가 서고 엄마는 내리려는 나를 붙잡고 말했다.

-다시 생각해봐, 동현아. 여기서 네가 할 수 있는 일이 있을까. 아빠가 내렸던 결정이 잘못된 적 한 번이라도 있었어? 너를 위한 일인 거 너도 알잖아. 동현아, 우리 집에 가자.

엄마의 간절한 바람에도 내 결심은 견고했다. 아버지에게 내 의지를 보여줄 수 있는 마지막 기회일지 몰랐다. 차에서 가방을 꺼내 어깨에 멨다.

-아빠랑 엄마가 너 믿는 거 알지? 기다릴게.

엄마가 다짐을 두듯 말했다. 엄마의 차가 보이지 않을 때까지 서 있었다. 주차장을 빠져나와 작업장과 이어진 계단을 올라갔다. 지금까지 아버지가 원하는 일은 내가 원하는 일과 일치했다. 아버지 뜻을 거스르며 나아가는 발걸음이 무겁지만 이제는 되돌릴 수 없다.

날카로운 기계음에 멈칫했다. 두건을 두르고 모자를 눌러쓴 아저씨들의 모습이 보였다. 내가 가까이 다가가도록 아무도 나를 알아차리지 못했다. 하필 눈이 마주친 사람은 형철이 아저씨다. 아저씨가 옷에 묻은 톱밥을 털다 말고 내게 다가왔다.

-병원에 있어야 할 애가 여긴 왜 왔어.

형철이 아저씨가 놀라 물었다.

-퇴원한 거니?

어느새 민우 형과 황 교수님이 다가와 내 옆에 섰다. 황 교수님이 내 왼손을 들어보았다.

-결국 잘라냈어요. 어렵게 찾아주신 손가락이었는데.

붕대가 감긴 검지손가락을 가리키며 말했다. 교수님이 가볍게 나를 안아주셨다. 숙소에 가방을 두고 끌 가방을 허리에 차고 작업장으로 왔다. 아저씨들은 한옥학교에 다시 나타난 내가 믿기지 않는 듯 자주 나를 쳐다보았다. 먹선이 그려진 나무를 앞에 두고 나는 어쩔 줄 몰랐다. 민우 형이 얼어 있는 나를 끌고 형이 치목하던 창방에 대패질을 시켰다. 대패가 부드럽게 나뭇결을 타지 못했다. 나는 심호흡을 하고 처음 대패를 쥐었을 때처럼 천천히 밀었다. 익숙한 나무 냄새가 코로 스며들고 귀를 간질이는 소리에 긴장이 풀어졌다. 거스러미가 일었던 표면이 점점 매끄러워졌다.

−손 놓은 시간이 꽤 되는데 아직 녹슬지 않았네.

형의 위로에 마음이 놓였다. 옆에서 보던 형철이 아저씨도 별말 없이 넘어갔다. 작업장으로 돌아온 첫날을 무사히 보냈다. 그것만으로 위안이 되었다.

−한옥에는 못이 들어가지 않는다고 익히 알고 있는데 철물이 있어 한옥이 발달했습니다. 연목 건다고, 옛날에는 나무못을 일일이 만들어 썼습니다. 서까래는 못이 없으면 쏟아져 내립니다. 전통적인 방식을 이어가면서 필요한 만큼 못을 쓴다고 생각하시면 됩니다.

교수님의 강의가 귀에 들어오지 않았다. 가까이 보이는 엔진톱과 원형톱으로 자꾸 눈이 갔다. 나는 왼손을 살짝 쥐었다. 기계가 무섭다는 핑계로 치목 수업을 피해 갈 수는 없다. 아무것도 하지 않으면 이곳에 남아 있을 명분이 없어진다. 나는 정신을 바짝 차리려 입술을 꽉 물었다.

각자 배당된 나무 앞에 섰다. 껍질이 날카로운 낙엽송이 날것 그대로 놓여 있었다. 민우 형이나 대규 아저씨에 비해 내 나무는 크기가 작았다. 먹침을 나무에 깊이 박고 먹줄을 튕겨 먹선을 그리고 자를 이용해 나무에 직접 선을 그었다. 내가 엔진 톱을 손에 쥐자 주위 아저씨들의 시선이 내게로 쏠렸다. 그들은 나보다 더 긴장한 표정으로 내 움직임에 반응했다. 왼손 손바닥으로 오른손 손목을 받치고 엔진 톱을 꽉 쥐었다. 나는 천천히 숨을 고르며 톱날을 나무속으로 밀어 넣었다. 나무의 살덩이가 잘려나갔다. 나는 바로 전원을 껐다. 나무껍질이 땀이 밴 이마에 들러붙었다. 다시 전원을 켜고 먹선을 따라 잘랐다. 톱에 잘려나간 부분은 거칠게 일어나고 각이 남았다. 손에 땀이 차고 등 가운데로 땀이 흘러내렸다. 매끈하게 깎인 다른 부재에 비해 내 것은 표면이 고르지 못했다. 나무에 톱을 바짝 들이밀어 한 번에 자르지 못하고 주춤거리며 앞으로 나가지 못한 탓이었다. 보고 있던 황 교수님이 내게 톱을 건네받아 튀어나오거나 터진 곳을 다듬어 마무리하셨다. 완성된 부재들을 한쪽에 정리해두고 바닥을 쓸었다. 민우 형이 괜찮은지 물었다. 몸은 긴장으로 굳었고 왼손이 저릿저릿했다. 나는 태연한 척 표정을 숨기고 열심히 바닥을 쓸었다.

  나는 작업장을 나왔다. 아무도 나가는 나를 잡지 않았다. 다리가 후들거려 흙바닥에 앉아 숨을 골랐다. 흩어진 생각은 몸의 균형까지 흔들어 놓았다. 학교 안을 어슬렁거리며 돌아다니다 선배들이 만들어놓은 새 숙소 마루에 앉았다. 햇빛에 달구어진 벽과 마루가 따스했다. 목장갑을 벗었다. 왼손 손바닥이 땅에 젖었다. 나는 왼손을 마루 위에 펼쳤다. 나무를 자르고 깎는 일이 즐겁지 않았다. 손을 다쳐 의욕이 꺾이고 돌아가는 엔진 톱에 지레 겁을 먹은 이유만은 아니었다. 나는 무리 밖으로 쫓겨난 짐승처럼 외로웠다. 있어야 할 자리에서 밀려나 그곳을 기웃거리는 내가 한없이 초라했다. 가볍게 뭉쳐 떠가는 구름을 쳐다보았다. 한 덩어리의 구름이 서서히 왼편으로 가다 꼬리를 감추듯 시야에서 사라졌다. 무심한 하늘은 눈이 시리게 맑고 파랗다.

공터까지 올랐다. 항상 기대앉던 나무에 앉아 앞에 펼쳐진 풍경을 눈에 담았다. 음소거가 된 화면 안에 빨려 들어가 내가 하늘을 보는 것인지 하늘이 나를 내려다보고 있는 것인지 분간이 되지 않았다. 멀리로 겹겹이 둘러싼 능선이 펼쳐졌다. 그린 듯 만 듯 부드러운 능선이 펼쳐진 세상은 평화롭다. 저 하늘에서 바라본 나는 얼마나 작을까. 너무 작아 존재한다는 의미마저 무색한 것은 아닐까. 나라는 존재가 숲을 이룬 나무 하나에 지나지 않고 우주의 작은 점일 뿐이라는 생각에 다다르면 내 고민 따위는 가볍고 하찮게 여겨졌다. 외롭고 초라한 감정은 바람결에 떨어지는 이파리처럼, 시들어 떨어지는 꽃잎처럼 스쳐가는 순간에 지나지 않았다.

긴장이 풀린 몸이 밑으로 쳐지며 가라앉았다. 오전 작업을 끝내는 벨소리에 벌떡 몸을 일으켰다. 아저씨들이 식당에 들어가고 나는 맨 구석 자리에 앉아 후다닥 점심을 먹고 나왔다. 나를 보는 시선들이 어색했다. 나는 그들을 불안하게 만들고 있었다.

비어 있는 작업장에 들어가 누군가 조각을 하다 만 창방 앞에 섰다. 끌 손잡이를 왼손 손바닥에 붙여 천으로 묶어 고정시키고 엄지손가락으로 힘껏 눌렀다. 오른손으로 망치를 들고 조심스럽게 두들겼다. 손바닥과 엄지손가락으로 중심을 잡는다고 잡았지만 망치에 맞은 끌은 이리저리 휘둘렸다. 나무에는 날자국만 어지럽게 남았다. 이마와 목덜미에 땀이 찼다. 나는 천을 풀고 끌과 망치를 있던 자리에 내려놓았다. 양손을 섬세하게 사용해야 하는 창방은 다시 내 손에 쥐어지지 않을 것이다. 하지 않는 것과 할 수 없는 것의 차이는 크다. 온몸에 힘이 쭉 빠지고 가슴이 헛헛했다. 나는 재빠르게 작업장을 나왔다. 다행히 나를 본 사람은 아무도 없었다.

오후 작업이 시작되고 나는 작업장으로 돌아가지 않았다. 작업장과 이어진 산중턱은 주춧돌 위에 기둥을 세우는 작업으로 활기가 넘쳤다. 36기들이 기둥으로 쓰일 부재를 옮기느라 바쁘게 움직였다. 36기는 우리 다음 기수다. 한옥학교는 분기별로 인원을 모집했고 같은 방을 쓰지는 않아도 서로 스치며 얼굴 정도는 익히고 지냈다. 간혹 나를 발견한 아저씨들이 귀엣말을 했다. 한옥학교에서 내가 손가락이 잘린 걸 모르는 사람은 없었다. 손가락이 잘리는 사고가 더러 있기는 하지만 대상이 10대 아이라는 사실은 두고두고 할 말이 많을 거였다. 36기는 오 교수님이 담당한다. 황 교수님과 오 교수님은 도편수다. 삼십여 년을 나무를 다루며 전국 유명 사찰이나 한옥을 지은 프로 중에도 최상급의 프로였다. 오 교수님이 얇은 대나무로 만든 집게 모양의 연장을 들고 설명을 했다. 집게의 한 쪽 다리에 먹을 찍어 선을 그릴 수 있는 기구로 우리가 쓰는 컴퍼스와 같은 원리로 작동한다고 말했다. 최첨단 장비가 속속들이 나오는 시대에 생긴 것부터 장난감처럼 보이는 기구가 기둥 밑동과 주춧돌을 밀착시킨다는 말이 의심스러워 나는 조금 더 가까이 다가가 살폈다.

오 교수님이 집게 중 벌린 한 가닥을 주춧돌에 밀착시키고 나머지 한 가닥은 나무 기둥에 닿도록 했다. 주춧돌에 밀착한 다리에 힘을 주면서 기둥 둘레를 한 바퀴 돌렸다. 기둥을 뉘어 보니 기둥 밑동에 주춧돌의 요철에 따른 선이 그려졌다. 아저씨들이 기둥의 아랫부분을 끌로 따내고 속을 더 다듬어서 기둥을 세웠다. 주춧돌 위에 선 기둥은 기울어지지 않았다. 모든 기둥이 같은 방식으로 돌 위에 세워졌다. 마치 본드를 발라 놓은 것처럼 붙어 있는 것도 신기했지만 돌과 나무를 빈틈없이 붙일 생각을 누가 어떻게 시작한 것인지 기발했다. 희한하네. 아저씨들도 기둥 주위를 유심히 살피며 한마디씩 했다.

튀어나오면 튀어나온 대로 패인 곳은 패인대로 살리면서 나무와 돌을 결합하는 방법이라니. 볼수록 경이로웠다. 돌과 나무는 크게 훼손되지 않고 기본 성질을 그대로 살렸다. 제 몸의 일부를 버려가면서 돌에 맞춰준 나무는 불만이 없었을까. 아버지를 실망시키지 않으면서 내가 원하는 일을 하는 방법은 없던 걸까. 병실을 나서던 아버지의 등은 한없이 크고 넓었다.

교수님이 투명한 호스에 물을 채우더니 처음 그랭이 작업이 끝난 기둥을 중심으로 표시를 했다. 대기압으로 인해 물의 높이가 평형을 이루게 되는 물 수평의 원리라고 했다. 허접해 보이는 호스와 물만으로 기둥들이 일직선으로 수평을 이루었다. 들여다보기도 싫던 과학의 원리가 실제에서는 너무나 쉽게 쓰이고 있다는 사실이 놀라웠다.

-신기해?

민우 형이 옆으로 다가와 앉았다. 과학은 이론일 뿐이라는 생각이 뒤집혔다고 말하자 형이 주춧돌 사이의 간격을 정할 때 피타고라스 공식이 적용된다고 말해주었다. 수학 시간에 배운 피타고라스의 공식이 어떻게 활용되는지 알고 싶어 하는 아이들은 없었다. 우리에게는 책 속에서만 숨쉬던 공식이었다. 박제된 공식이 살아나 움직이고 있는 현장에 내가 있다. 한옥의 세계는 경외롭다.

  형이 휴대폰에서 영상 하나를 보여주었다. 화면 속에서 아저씨들은 커다란 망치를 들고 섰다. 기둥 위에 부재를 올리는 작업을 하는 중이라고 형이 말해주었다. 한옥은 홈을 만들어 결구하는 조립방식이다. 나무와 나무를 끼워 맞춰 덜그덕거리지 않으려면 오차가 없어야 한다. 일일이 사람의 손을 거치는 과정에서 오차를 최대한으로 줄이기 위해 홈을 낼 때도 정교한 처리가 필요했다. 부재들을 서로 끼워 맞추려면 같은 힘으로 고르게 내리쳐야 정확하게 맞는다. 일렬로 선 아저씨들은 번호를 불러가며 같은 속도로 망치를 내리쳤다. 운동회 때 떼로 나가 줄다리기를 하던 장면이 겹쳐졌다. 함께 힘을 모아야 하는 줄다리기는 엇박자로 튀다가는 상대편에 쉽게 끌려간다. 앞서가는 것이 아니라 남과 속도를 맞춰 힘을 주어야 상대를 끌어올 수 있다. 체육대회 때 아이들은 빛이 났다. 줄다리기에서 낙오되는 아이는 아무도 없었다. 한 명 한 명이 소중했다. 수업 시간마다 자는 종태도 건성으로 수업을 듣던 현기도 모처럼 손에서 펜을 놓은 윤제도 줄을 당기는 시간은 모두 같은 표정을 지었다. 하지만 그뿐이다. 함께 무언가를 이루었다는 일체감은 시험으로 순위를 매기면서 무너진다. 시험은 가차 없이 아이들의 가치를 평가했다. 운동장에서 펄펄 날던 아이들은 교실에서 힘을 쓰지 못했다. 성적에서 밀려난 아이들은 반짝반짝 빛나던 생기를 잃어버렸다.

-뭔 생각이 이리 깊어.

형이 어깨를 치며 말했다. 영상 속에서는 기둥과 도리와 창방과 보가 만나 바닥기초가 완성되었다.

-신기한 게 맞춰놓고 보니까 먹선과 먹선이 처음부터 맞추어 그린 것처럼 일치하는 거야. 나무는 한 번 베었다고 죽는 게 아니래. 살아서 숨을 쉬기 때문에 뒤틀리기도 하고 말라가면서 수축도 하고. 먹금은 그런 것까지 다 계산에 넣는 거라더라. 백 년까지 내다보는 게 한옥이래. 멋있지 않냐?

-너무 근사해. 나도 같이 있었으면 좋았을 텐데.

민우 형과 함께 망치를 내리치는 모습을 머릿속으로 떠올려보았다.

-기회는 또 와.

형이 애써 위로를 했다. 나무는 쓰임에 따라 다르게 깎였지만 서로 손을 맞잡고 뼈대를 이루었다. 종태와 윤제, 현기와 성욱이, 막장이라 불렸던 아이들까지 모두 행복할 수 있는 교실은 동화 속 판타지일 뿐일까. '브라더스'에서는 모든 것이 가능했다. 종태는 알바 계획을 세우거나 받아야 할 알바비를 계산하고 성욱이와 현기는 못다 한 학원 숙제를 했다. 녀석들은 내게 조각을 시키고 저희들끼리 19금 영화를 보고 술을 마셨다. 술이 약한 현기는 소주 몇 잔에 떨어져 잠이 들고 성욱이는 윤제에게 공짜 수학 과외를 받았다. 하품이 날 정도로 심심할 때면 우리는 좁은 공간에서 찌그러진 프라이팬으로 야구를 하고 서로 엉켜 뒹굴었다. 초딩처럼 놀던 그 시간으로 돌아갈 수는 없다. 서로를 믿고 의지하던 우리는 뿔뿔이 흩어졌다. 나이가 들어 다시 만나면 우리는 '브라더스'의 기억을 꺼내볼 것이다. 그때 즈음이면 기억 한 편에 묻어둔 윤제도 스스럼없이 우리와 어울릴 수 있을 것이다. 윤제도 우리와 같은 속도로 늙어가기를 나는 간절히 원한다. 과거 속의 윤제로 존재하는 일만은 일어나지 않기를, 윤제가 깨어나기만을 바란다. 그래서 좀 더 자유로워진 우리로 만나고 싶다.

 -작업은 안 할 거야?

 형이 조용히 물었다.

 -대패질할 때는 몰랐는데 톱만 보면 몸이 뻣뻣하게 굳어버려.

 -괜찮아질 거야. 천천히 가도 돼.

 형의 말을 믿고 싶었다. 나는 정말 괜찮아지고 싶었다.

작업장의 기계음이 멈췄다. 하루가 저물며 내 안에 아쉬움도 커졌다. 터덜터덜 세면장으로 걸어갔다. 아저씨들은 옷에 묻은 톱밥을 털어내고 머리까지 감고 식당 의자에 앉았다. 형철이 아저씨는 입안 가득 밥을 채우며 나를 쳐다보았다. 하고 싶은 말을 목구멍 안으로 밀어 넣는 것 같았다. 땡땡이친다고 나무라고도 남았을 아저씨가 말을 아끼는 건 나를 위한 배려일까. 국에 말은 밥을 허겁지겁 먹어 치우고 식당을 나왔다. 돌아오지 말았어야 했을까. 내가 오만했는지도 모른다.

-동현아, 우리 공터에 다녀올까? 거기서 음악 감상이나 하다 오자.

민우 형이 어깨에 팔을 두르고 나를 잡아끌었다.

-곧 어두워질 텐데.

-뻥 뚫린 곳에서 소리라도 지르면 답답한 게 풀리지 않겠어?

형에게 어깨를 잡힌 나는 공터로 이어진 산길을 올랐다. 숨을 깊게 들이쉬고 힘껏 소리를 질렀다. 가슴을 막고 있던 빗장이 느슨하게 풀렸다. 사위어가는 햇살이 하늘을 물들였다. 말갛게 씻긴 가슴에 괜찮아질 거라는 바람을 가득 담았다.

6. 뒤늦게 알게 된 것들

 아침 일찍 통원 치료를 하러 숙소를 나섰다. 누워있던 형이 데려다준다며 앞장섰다. 진료를 마치고 나오자 형이 수납처 앞에 앉아 있었다. 전날 형철이 아저씨가 방을 나서며 집에 가지 않느냐고 물었을 때 형은 아침 일찍 출발할 거라고 말했었다. 의아해하는 나에게 형이 오일장 구경을 가자고 말했다. 형이 아니었어도 나는 숙소로 돌아가지 않을 생각이었다. 주말이면 집에 다녀오는 이들도 있지만 숙소에 머무는 이들이 대부분이었다. 종일 아저씨들과 스치며 받을 시선들이 부담스러워 시내나 실컷 쏘다닐 계획이었다. 엄마는 집에 오지 않냐며 전화를 걸었지만, 아버지를 만나는 일이 두려웠다. 아직은 아버지에게 내밀 카드가 없었다.

 오일장은 사람들로 북적였다. 화려한 등산복을 입은 관광객들이 먹거리 앞에 모여들었다. 시장에는 흔한 분식부터 장터에서만 먹을 수 있는 음식들로 가득했다. 1교시가 끝나고 우르르 매점에 달려가 서로 전자레인지를 차지하려던 친구들의 모습이 떠올랐다. 우리는 매일 배가 고팠다. 아침을 먹고 온 녀석이나 굶고 온 녀석이나 뱃속 타이머가 똑같이 맞춰져서 매점은 늘 소란스러웠다. 나는 형과 콧등치기 국수를 먹고 입가심으로 수수부꾸미와 메밀전병까지 먹었다. 점포와 점포 사이 가운데 길에 앉아 있는 할머니들 앞에는 만지면 부서질 것처럼 말라비틀어진 나물들이 동그란 공 모양으로 단단히 묶여 있었다. 형이 가리왕산에는 할머니들이 파는 각종 나물들이 많이 자란다고 알려주었다. 관광객들은 곤드레, 부지깽이, 뽕잎, 산마 등 생긴 것만큼 이름도 촌스러운 나물을 이것저것 사댔다. 할머니는 검은 비닐에 비슷비슷한 나물들을 담고 요리법이 적힌 종이까지 끼워주었다. 내가 보기에는 다 똑같은 나물에 이름만 다르게 붙여놓은 것 같았다. 할머니들은 가만히 앉아 있지를 않았다. 손님이다 싶으면 손짓, 발짓에 부채까지 휘두르며 잡아 놓고 어떻게든 나물을 들려 보냈다. 실랑이 끝에 나물을 팔고 나면 쪽파를 다듬기도 하고 도라지나 마를 깎았다. 싸게 줄게. 산나물이야. 무공해야, 무공해. 여러 할머니들이 한꺼번에 떠드는 소리에 귀가 멍멍했다.

 시장 안은 시끌벅적하니 생기가 넘쳤다. 파는 사람과 사는 사람 사이 흥정은 과하지도 모자라지도 않은 선에서 이루어졌다.

-이런저런 사람 사는 모습 보려고 시장에 오는 사람이 많아. 물건만큼 사람들도 다양하잖아.

형 말처럼 사람 구경 자체도 흥미로웠다. 형은 엿 가게에서 쌀엿과 땅콩엿, 호박엿까지 골고루 사댔다.

-형철이 아저씨가 열받게 할 때마다 잘근잘근 씹어 먹으면 좋겠다.

-그럼 많이 사야겠다.

형이 내 몫까지 챙겨 계산했다. 우리는 요요처럼 생긴 물건을 쌓아놓은 좌판에서 떠나지 못했다. 아저씨는 둥근 바퀴 사이 홈에 칼날을 끼우고 그네를 타듯 미끄러지며 날을 갈았다. 칼자루를 쥐고 손목의 스냅을 이용해 가볍게 미는 모습이 친근했다. 힘을 빼고 리듬을 타면 나는 다른 세상으로 갈 수 있었다. 평화로운 세상, 백지처럼 무한대로 열린 세상. 날을 갈고 나무껍질을 벗기는 시간이 내게는 그런 세상이었다.

맞은편 시장 입구에는 각설이들이 무식하게 큰 가위를 들고 쇼를 했다. 투박한 가위만큼이나 걸걸한 말투가 사람들의 시선을 끌었다. 시장 밖으로 나서는 순간 뻥이요 라는 외침 소리가 들렸고 뒤이어 뭔가 터지는 듯한 소음이 귀를 울렸다. 펄펄 김이 나는 원통에서 하얀 알갱이들이 우르르 바구니 안으로 쏟아졌다. 형과 나는 커다란 뻥튀기 봉투를 하나씩 들고 시장을 벗어났다. 형과 나는 근처 커피점으로 들어갔다. 아이스아메리카를 앞에 두고 통유리 너머 사람들을 구경하다 물었다.

-집에 왜 안 간 거야? 늘 갔잖아.

주말마다 아버지를 보러 가던 형이 숙소에 남은 게 궁금했다.

-아버지가 병원에 입원하셨대. 가봐야 하는데 뵐 용기가 안 나네. 나 보면 더 병이 깊어지실까봐.

형이 아버지를 피하는 이유를 알 것 같았다. 반대하는 일을 포기하지 않는 한 아버지와의 관계는 나아지지 않는다. 아버지에게 죄송하지만 자신의 뜻을 꺾을 수 없는 형의 심정이 내 것 같아 마음이 짠했다.

-형은 왜… 회사 그만둔 거야?

한 번도 묻지 않았다. 민우 형 뒤통수에 난 원형 탈모 흔적을 보고 스트레스가 심해 회사를 그만두었을 거라는 짐작만 했었다.

-나랑 같이 프로젝트를 맡아서 하던 동기가 출근하다 쓰러져서 깨어나지 못했어. 과로사가 분명한데 산재 처리를 받기까지 너무 힘들었어. 나도 번아웃이 와서 회사에 남아 있을 수 없었고. 사표를 내고 무작정 떠났어. 걷고 또 걸었어. 어 맞아.

도보여행. 걷다 보니 산도 가게 되고, 산속을 걸을 때 그렇게 평온할 수가 없었어. 나무꾼이 되어 살라고 해도 살 수 있을 거 같았다니까. 숲 한가운데 누워서 이런 세상은 없을까 생각했어. 전국 수목원은 다 다녀본 거 같애. 나무와 관련된 일도 뒤져보고. 그러다 여기까지 온 거야. 그러는 너는 공부 잘하다가 왜 자퇴까지 했는데.

-고등학교 입학하고 처음으로 공부에 회의가 들었어. 그전까지는 왜 공부를 하는지 모르고 그냥 했어. 형도 좋은 대학 들어갔고 나도 그 수순을 밟는 게 당연하다고 여겼어. 그러다 학폭위가 터진 거야.

나는 학폭위에 가게 된 이유는 빼고 자퇴까지의 과정을 털어놓았다.

-전학도 번거롭고 어른들도 보기 싫었고 아이들한테도 정이 떨어졌어. 아버지 말을 따라서 입시학원은 갔는데 공부도 하기 싫어지더라고.

-여기 온 거는 후회 안 해?

-삼촌 덕에 한옥학교에 왔는데, 내가 나무를 정말 좋아하는 걸 알았어. 한옥을 짓는 것도 좋고 나무 조각하는 것도 좋아. 평생 나무를 만지며 살고 싶어.

-가족들이 놀랐겠다.

-모두 황당해하더라고. 취미로만 하라고 하는데 나는 그러고 싶지 않아.

-학폭위에 갔던 친구와는 연락 전혀 안 해?

민우 형이 윤제에 대해 물었다.

-정신을 잃어서 형에게 업혀간 날, 그 친구가 자살을 시도했어. 지금은 식물인간 상태로 있어.

한동안 침묵이 이어졌다. 어색한 정적을 깨고 휴대폰이 울렸다. 낯익은 번호였지만 번호의 주인은 잡힐 듯 잡히지 않았다. 휴대폰은 틈을 주지 않고 울려댔다.

-동현이 맞지? 여보세요? 설마 내 목소리 잊은 거야?

가볍게 튀어 오르는 목소리의 주인공은 지수였다. 지수는 어제 만났다 헤어진 사람처럼 자연스러웠고 나는 놀란 티를 감추지 못해 말을 버벅거렸다.

-여기 원주야. 너 있는 곳에서 멀어?

상대방 사정은 아랑곳하지 않고 자기 멋대로 행동하는 모습이 지수다웠다.

-터미널이야. 너 있는 데로 내가 가?

-잠깐만.

나는 형에게 버스터미널이 얼마나 먼지 물었다. 형은 상황을 알겠다는 듯 데려다주겠다고 했다. 지수에게 기다리라고 하고 커피점에서 나왔다. 형은 누굴 만나러 가는지 묻지 않았다. 짐을 형의 차에 두고 내렸다.

-헤어지고 나면 연락해. 데리러 갈게. 괜찮아, 할 일 없어서 그래.

형과 헤어지고 터미널 근처의 커피점으로 들어갔다. 출입문이 열리자마자 지수가 손을 들어 보였다.

-여기 진짜 촌티 난다. 시골이라 그런가.

지수는 내가 앉자마자 투덜거렸다. 지수는 전보다 성숙해졌다. 턱선은 더 갸름해지고 화장과 스타일도 세련되어 커피점에 있는 또래 여자애들 사이에서 튀었다.

-안 보던 사이에 상남자가 됐네. 쫄기는. 그냥 답답해서 온 거야.

-갑자기 내가 보고 싶었을 리도 없고, 답답하다고 오기엔 먼 거린데.

지수가 어디로 튈지 모르는 나로서는 긴장이 될 수밖에 없었다.

-종태한테 들었다며. 존나 쪽팔려. 그 지랄을 떨었는데 결국 그 오빠랑 끝났어. 실은 나 임신해서 병원 가야 하는데… 엄마한테는 차마 말을 못하겠고… 같이 가줄 수 있어?

도대체 이 아이는 언제까지 나를 만만하게 볼 것인가. 대꾸도 못하고 지수의 얼굴을 쏘아보았다.

-너 눈빛이 달라졌다. 얼굴 풀어. 농담이야. 내가 그런 모자란 짓을 할 거 같니? 순진한 건 여전하네.

지수가 깔깔대고 웃었다.

-농담도 좀 가려서 해. 내가 미쳤지. 쌩까야 했는데.

나는 커피를 벌컥벌컥 마셨다.

-그랬음 거기까지 찾아갔지. 나 몰라? 근데 너, 손 보여줄 수 있어?

나는 테이블 위에 왼손을 올려놓았다.

-아흐 졸라 징그럽다.

지수가 눈살을 찌푸렸다. 나는 무심하게 고개를 끄덕였다. 어설픈 위로보다 받아들이기 편했다.

-종태 자식 너한테 별걸 다 알려준다.

-종태 구슬리는 거야 껌이지. 근데 정말 여긴 왜 온 거야? 집 지으려고?

-너나 말해. 진짜 온 이유가 뭔데. 내가 한옥학교 온 게 궁금할 리 없잖아.

지수는 나를 빤히 바라보며 커피를 홀짝거렸다.

-여기 답답하고 후져. 좀 걸을 때 없냐? 덥기는 하지만 그게 나을 거 같은데.

6. 뒤늦게 알게 된 것들 · 127

지수가 일어나 앞장서 나갔다. 근처 골목에서 지수가 담배를 꺼냈다. 지수에게 과일향이 나는 담배를 받아 불을 붙였다.

-실연이 힘들긴 한가 보네. 언제부터 피운 거냐.

-가끔 피우는 거야. 길게 피울 생각 없어. 내가 양아치냐.

지수가 입꼬리를 올리며 쏘아붙였다. 담배를 피우는 동안 나와 지수는 연기가 흩어지는 허공을 말없이 바라보았다.

-왜 헤어졌는지 안 궁금해?

궁금할 이유야 없었지만 지수가 말하고 싶어 하는 눈치라 조용히 고개만 끄덕였다.

-그 오빠 대학생이었거든. 들었다며 뭘 놀래? 고딩은 대학생 사귀면 안 되냐? 소문이야 내 알바 아냐. 골 때리는 게, 내가 자살 쇼 하고 엄마랑 대판 붙는 동안 그 오빤 구경만 하고 있는 거 있지? 남자란 새끼가, 것도 나보다 나이도 많은 게.

-다른 여자한테 뺏긴 거야?

은근히 지수를 놀리고 싶어졌다.

-지 엄마가 외국 나가라니까 개새끼처럼 쪼르르 가더라. 존나 어이없어.

나도 모르게 웃음이 터져 나왔다.

-좋냐? 생각하니까 또 빡치네.

나는 지수를 데리고 터미널 근처 공원으로 향했다. 어깨에 멘 가방에는 알리바이를 위한 참고서와 문제집 등이 가득할 거였다.

-가방 무거우면 들어줘?

-오, 개설레는데. 남친 같다.

지수가 가방을 내게 넘겼다. 생각보다 무겁지 않아 한 손에 쥐고 걸었다. 장미꽃이 가득 핀 공원에는 산책 나온 사람들이 많았다. 연인들과 우리 또래로 보이는 여자애들이 사진을 찍느라 바빴다.

-하는 짓도 촌스럽다. 똑같은 데서 찍고 싶나?

특유의 비아냥거리는 목소리가 싫지 않았다. 그늘이 드리운 빈 벤치에 나란히 앉았다. 재잘거리던 지수가 조용해졌다. 갑자기 무슨 말을 꺼낼지 몰라 잔뜩 긴장했다.

-여기 공기 끝내준다. 먼지 하나 없는 거 같은데. 니가 이런 데 있어서 혈색이 좋아졌구나. 어깨도 넓어지고 피부도 타니까 개 섹시해.

-무슨 말을 하려고 어울리지 않게 칭찬이야?

-윤제 생각하긴 하니?

-윤제 얘기는 왜 꺼내.

-윤제 소식 들었어. 연애하느라 나만 모르고 있었더라. 솔직히 믿기지는 않아. 나 니네 되게 부러워했다. 몰랐지?

-브라더스에서 본 거… 나한테만 말할 수 없었어?

　-둘이 왜 키스했냐고 내가 물어야겠니? 지들끼리 헌책방 다니고, 그림 보러 다니고. 기껏 내가 챙겨준 문제집을 윤제한테 넘기고. 모르는 줄 알았냐? 내가 너처럼 둔하니? 둘 사이에 내가 끼어든 거 같은 그 묘한 분위기는 어떻고. 졸라 더러웠어. 또 나만 빼놓고 너희 둘만 노나 확인해보려고 갔는데. 너희가 그러고 있는 거야. 진짜 빡치더라.

　지수는 구질구질하다는 이유로 헌책방을 싫어했다. 그림을 보러 가도 하품을 하며 지루해했다. 톡톡 튀는 지수가 귀엽고 재미있었지만 관심사가 달라 불편한 점도 있었다. 윤제와 나는 서로 맞춰주지 않아도 공유할 것들이 많았다. 지수와 있으면 자석처럼 따라붙는 긴장이 윤제 덕에 자연스레 풀어졌다.

　-너무 존심 상해서 개쪽 주려고 했어. 근데 별 효과가 없더라.

　-윤제랑 반에서도 아는 체 안 했어. 그 일 이후로 어울린 적도 없고. 너도 알잖아.

　-길거리에서, 교문 앞에서, 서로 질척거리던 눈빛을 내가 몰라? 나랑 있을 때도 정신은 딴 데 팔려 있었잖아…. 실은 학교에 꼰지른 것도 나야.

　나는 자리에서 벌떡 일어섰다. 학교에 알리지 않았다면 시간이 걸리더라도 우리는 제 궤도로 돌아갔을 것이다. 아이들의 놀림거리는 매 순간 바뀌고 자신의 일이 아닌 이상 흥미는 떨어지기 마련이었다. 나와 윤제는 친구로 남을 수 있었다. 윤제를 나락으로 내몬 건 지수였다.

―너 때리겠다? 한 대 치고 싶으면 쳐.

지수가 나를 향해 얼굴을 내밀었다. 나는 주먹을 꽉 쥐고 자리에 앉았다. 지수를 때린다고 분이 풀릴 거 같지 않았다.

―길거리에서 윤제를 마주친 적 있거든. 그때 한 번 더 쐐기를 박았어. 나대면 니가 동현이 폭행하고 추행한 짓거리, SNS에 쫙 퍼뜨리겠다고.

―너 무슨 짓을 한 거야?

―확실하게 끊어내려고. 너도 그걸 바란 거 아니었어? 그래서 종태한테도 그렇게 얘기한 거잖아. 당했다고. 왜 그랬냐고? 너는 끝까지 내 남친으로 남아 있어야지. 내 캐리어에 오점을 남길 수는 없잖아. 내가 뭐가 되냐. 남자가 없어서 게이를 사귀어야겠어?

나는 지수 대신 나를 후려갈기고 싶었다. 내 입에서 튀어나간 모든 말들을 주워 담아 불사르고 싶었다. 지수와 나는 한동안 입을 다물고 공원을 오가는 사람들만 쳐다보았다.

―가방이나 열어봐.

지수가 가방을 내 턱밑으로 밀어 넣었다. 가방 지퍼를 열었다. 가방 안에는 나무조각판과 누런 종이봉투가 들어 있었다. 봉투를 열어 내용물을 꺼냈다. 상자와 작은 스케치북이 나왔다.

—니 거야. 쳐다보면 뭐. 설마 내가 너 주려고 가져왔겠냐? 얼빠지기는. 그거 윤제가 너한테 전해주라고 한 것들이야.

말문이 막혔다. 나는 무엇부터 물어야 할지 혼란스러웠다. 윤제가 지수를 만난 일도, 지수가 윤제의 부탁으로 나를 만나러 왔다는 사실도 믿기지 않았다.

—니네 집에 갔었대. 근데 니네 아버지가 다시는 찾아오지 말라고 하면서 받아주지 않았나봐. 그렇다고 종태한테 가져다주면 걔가 그걸 순순히 전해주겠어. 나를 찾아와서는 대뜸 나밖에 없대. 너도 동현이 좋아하니까 내 맘이 어떤지 알잖아, 이러더라. 씨발 그런 순애보가 없더라. 그 사랑이 갸륵해서 버리지는 않았지만 끝까지 열받아서 안 주려고 했어. 근데… 그 지경이 된 거야. 걔 마음이 얼마나 지옥이었을까, 알겠더라고. 그냥 너희들 놔둘 걸… 후회가 되네.

머뭇거리다 상자를 열었다. 내가 전부터 갖고 싶었던 일제 조각도 세트가 가지런하게 놓여 있다. 8개의 조각도는 날렵한 모양에 끝처리까지 섬세하다. 조각도를 손에 쥐었다. 손잡이의 그립감이 좋았다. 조각도를 상자에 넣고 뚜껑을 닫았다. 죽은 이의 유품을 받아든 것처럼 가슴이 먹먹했다. 지수만 없었다면 상자를 안고 오열했을지 모른다.

-미친놈, 지극 정성이네. 이래서 내가 윤제를 싫어한 거야. 걔가 게이건 말건 내가 뭔 상관이야. 윤제가 너만 좋아하지 않았으면 난 신경 안 썼어. 너를 윤제랑 나눠 갖는 건 싫고 양보하는 건 더 싫어서 둘 사이 끊어놓으려고 꼰지른 건데. 니가 내 거 되지는 않더라…. 기분 드럽다. 나 터미널까지 데려다줘.

지수가 빈 가방을 어깨에 메고 나를 잡아 일으켰다. 터미널까지 걷는 동안 지수는 말을 하지 않았다. 대합실에는 우리뿐이었다.

-윤제 멋있는 거 인정. 걘 적어도 너처럼 비겁하지 않았잖아.

-무슨 말이 하고 싶은 거야.

-너도 윤제 좋아하면서 그 난리를 치고 윤제만 구석으로 몰았잖아. 그 눈빛 뭐야? 아니라고? 니 끝까지 치사하다. 키스하는 너는 당하는 사람이 아니었어. 사랑에 빠진 사람이지. 내 앞에서까지 거짓말할 필요 없어. 넌 늘 윤제가 먼저였어. 나보다 윤제를 훨씬 좋아했잖아.

학폭위가 끝나고 곧 기말고사를 보았다. 성적은 엉망이었다. 형편없는 점수를 받고도 나는 덤덤했다. 아버지도 점수에 대해 말하지 않았다. 방학하기까지 지수와 쏘다녔다. 지수의 입술을 더듬고 허벅지 안 깊숙한 곳으로 손을 들이밀어도 지수는 내 손을 뿌리치지 않았다. 지수가 내게 몸을 맡겼지만 나는 지수 안으로 들어갈 수 없었다. 자존심이 상한 지수는 내게 이별을 통보했다. 악의에 찬 또 다른 소문이 돌까 촉수를 있는 대로 뻗어 보았지만, 지수는 나와의 관계를 조용히 정리했다.

  -내가 윤제만큼 너를 좋아했을까. 누굴 미치도록 좋아하는 거, 제어가 안 되는 일이야. 윤제를 바라볼 때의 니 눈빛을 너도 볼 수 있다면 알았을 텐데. 윤제는 알지 않았을까? 니가 자기 좋아하는 거.

  지수는 마지막으로 나를 걷어차고 버스에 올랐다. 자리에 앉은 지수는 해맑게 웃으며 손을 흔들었다. 멀어져 가는 버스를 바라보며 다시는 지수를 보지 않기를 바랐다. 나무판과 봉투를 옆구리에 끼고 학교로 가는 버스를 탔다. 버스에서 내려 산길을 걸었다. 자동차가 겨우 지나다니는 길 옆 숲은 처음 엄마와 왔을 때보다 울창해지고 깊어졌다. 연둣빛 풀잎은 짙은 초록으로 자라났고 길게 뻗은 가지의 끝은 하늘을 향해 뻗었다. 나는 얼굴을 스치는 가지를 헤치고 걸어 올라갔다. 속이 텅텅 빈 허수아비처럼 비실비실 걸었다. 지수의 말이 나를 뒤흔들었다. 지수와 헤어지고도 나는 슬프지 않았다. 떠날 걸 예상한 듯 미련 없이 이별을 받아들였다. 지수 말처럼 내 마음을 온통 채운 건 윤제였다. 망설이지 않고 자퇴를 한 것도 윤제가 없는 학교는 내게 의미가 없어서였다. 윤제는 알고 있던 걸까. 윤제를 향한 내 마음의 실체를.

나는 주차장을 지나 정자에 앉았다. 스케치북을 펼쳤다. 첫 장에 인쇄한 사진이 붙어 있었다. 사진 속 건물은 안도 다다오가 지은 지니어스 로사이였다. 제주도에 그가 만든 건물이 있다는 사실은 알고 있었지만 그곳은 나와 윤제가 가기에는 너무 먼 거리였다. 비용과 시간이 허락되지 않은 우리는 건축 잡지에서 보는 것으로 만족해했다. 사진은 외관을 정면에서 찍은 것과 차가운 콘크리트 벽에 뚫린 빈 공간을 찍은 것, 콘크리트 벽 옆으로 기와가 담벼락처럼 일렬로 늘어선 것 등이었다. 특히 직사각형의 공간에 담긴 바다와 제주도의 풍경은 이국적이었다. 사진 밑에는 또박또박 적어나간 글이 달렸다. 윤제의 것이지만 조금 낯선 글씨체였다.

섭지코지를 돌 때 혼자 산책했다. 헌책방에서 우연히 보게 된 책으로 건축가의 꿈을 키웠다는 점이나 한 번도 건축에 관한 정규 교육을 받아본 적이 없다는 히스토리 때문에 그를 좋아한다. 현무암과 콘크리트는 묘하게 어울린다. 산책로는 땅을 지키는 수호신이라는 이름에 걸맞게 신비롭다. 그 길을 따라가다 보면 내가 알고 있는 세상과는 다른 세상이 나올 것 같다. 저 문 뒤에 천국이 열려 있다면 나는 기꺼이 그 길을 가고 싶다. 넓은 콘크리트 벽 중간쯤에 아무 장식 없는 창이 멀리 바다를 담고 있다. 여백 같은 그 공간이 콘크리트에 생명을 불어넣은 듯한 느낌마저 든다. 그의 건축물은 언제나 하늘을 담고 있다. 하늘 때문인지 숨통이 트이는 기분이다. 동현이와의 약속이 떠오른다. 내가 건물을 지어 창을 내면 동현이가 나무 창틀에 아름다운 문양을 새겨 동서양이 어우러진 건물을 만들자고 했던 약속. 나는 그 약속을 지키고 싶다. 자연과 어울릴 것 같지 않은 콘크리트에서 온기가 느껴지듯 내가 지은 건물에는 소외도 차별도 없는 평온이 깃들기를 바란다.

글자 하나하나에서 윤제의 진지한 시선을 마주한 것 같다. 다음 장에는 아름다운 건축물의 사진이 있고 사진 사이사이 윤제가 그렸을 법한 드로잉이 나왔다. 건축물의 측면과 정면을 따로 그리고 세부사항을 섬세하게 표현한 것들이었다. 무심코 넘긴 페이지에 실린 소묘 그림에서 급하게 숨을 들이마셨다. 기도하는 손이라는 제목의 연필 스케치였다. 손등은 힘줄이 투두둑 불거져 나오고 손가락들은 곧게 뻗지 못하고 구부러져 있다. 손목 아래 소매는 되는 대로 접혀 구겨지고 남루

하다. 보잘것없어 보이는 흑백의 손은 보는 사람을 숙연하게 만들었다. 기도하는 사람의 얼굴을 보지 않아도 두 손에 담긴 기원은 소박하고 진실될 것만 같다. 열 개의 손가락은 맞닿으므로 해서 완성되었고 손안에서 움튼 간절함은 반드시 이루어질 거라는 확신이 들었다. 나는 무릎을 꿇고 무언가를 고백하고 싶은 충동이 일었다. 마음 깊이 참회하며 용서를 구하면 내 안에 모든 허물이 걷히고 마음의 평화를 얻을 것만 같았다.

그림 밑에 윤제의 글이 보였다.

손의 주인공은 심한 노동으로 피아노를 칠 수 없게 된 자신 대신 친구가 화가로 성공하게 해달라는 기도를 한다. 그 모습을 그대로 스케치한 그림이 기도하는 손이다. 친구를 사랑하는 마음이 내 마음까지 파고든다. 동현이가 생각난다. 우리가 같이 꾸었던 꿈은 실현될 수 있을까. 의대에 가라는 아버지의 요구는 날마다 계속된다. 하지만 여전히 나는 건축가가 되고 싶다. 그림 속 손을 동현이가 나무판에 새겨주면 좋을 것 같다. 밤마다 두 손을 모으고 간절하게 기도한다. 내 기도가 동현이에게 가 닿기를 바란다. 내 진심이 전달되기를.

글을 읽어 내려가는 동안 윤제의 얼굴이 글씨 위로 어른거렸다. 윤제가 두 손 가득 담았던 바람을 알 것 같다. 윤제가 전하고자 했던 진심이 가슴에 와닿는다. 그림이 점점 부옇게 보였다. 스케치북을 들고 있는 손이 힘없이 밑으로 쳐졌다. 나는 스케치북을 내려놓고 두 손으로 얼굴을 감쌌다. 손바닥에 축축한 물기가 느껴졌다.

-동현아 너 괜찮아?

어깨를 감싸 안은 사람은 민우 형이다.

-형철이 아저씨가 주차하다가 너를 봤나봐. 애가 어두운데 혼자 앉아 있다고, 놀래서 나가보라고 하시더라. 안 그래도 전화를 안 받아서 걱정하고 있었거든.

휴대폰이 울리는 줄도 모르고 나는 스케치북에 빠져 있었다.

-도대체 무슨 일이야.

어디서부터 말을 해야 할지 혼란스러웠다. 형은 바닥에 놓인 조각도 세트를 살피며 물었다.

-친구가 선물 주고 갔구나.

-지수는 전달만 한 거야. 형한테 말 안 한 게 있어.

나는 윤제와 브라더스에서 나눈 키스에 대해 이야기했다. 형에게 털어놓는 순간 윤제를 뿌리치지 않은 그 순간의 감정이 무엇이었는지 깨달았다. 답답했던 비밀이 비로소 풀렸다. 종태 무리와 다니며 뒤꼭지가 늘 허전했던 이유를, 지수와 있으면서도 마음 한구석이 불편했던 이유가 글자처럼 선명해졌다. 늘 머릿속을 떠나지 않던 사람, 먹먹함으로 기억되는 사람은 사랑이라고 믿었던 지수가 아니라 윤제였다.

-윤제한테 메일을 썼다 지웠다 하다 결국 답장을 못했어. 나는 그게 윤제에 대한 미안함 때문이라고만 생각했어. 근데 그게 아니었어. 두려웠던 거야. 내가 좋아하는 사람은 지수라고 여기면서 윤제에 대한 감정을 덮으려 했어. 나는 내가 지수에게 채였다고 생각했는데 지수가 그런 나를 견디지 못한 거였어.

-그 친구가 전에 말한 그 아이니? 병원에 있다는?

가슴이 뭉텅뭉텅 잘려나가듯 아팠다.

-형, 윤제가 너무 보고 싶어. 한 번만 만나달라고 했는데, 내가 걔 손을 뿌리쳤어.

눈물이 주르르 흘러내렸다. 밤마다 윤제가 내 방 창 밑에 서서 나를 기다리고 있을 것만 같다. 윤제가 아직 내게 듣지 못한 말을 들으려 내 주위를 서성이는 것만 같다. 토해내듯 울음을 터뜨리고 싶은데 무언가가 목울대를 움켜쥐고 놓지 않았다. 몸을 빠져나오지 못한 울음은 회오리처럼 심장을 휘감았다. 형이 가만히 등을 쓸어내렸다. 배앓이를 달래던 엄마의 손처럼 등으로 전해진 온기가 휘몰아치는 울음을 잠재웠다.

6. 뒤늦게 알게 된 것들 · 139

형철이 아저씨는 눈이 퉁퉁 부어 들어오는 나를 못 본 척했다. 나는 가방에 조각도와 스케치북과 나무판을 넣어두고 일찌감치 자리를 펴고 누웠다. 설핏 잠이 들었다 깼다. 형철이 아저씨와 민우 형은 깊은 잠이 들었다. 살며시 문을 열고 나왔다. 숙소 처마에 달린 전구의 빛이 동심원을 그리며 화장실까지 이어져 있다. 전구 밖 세상은 빛을 삼킬 듯 어둡다. 나는 무릎을 가슴에 끌어안고 앉아 어둠 속을 바라보았다. 윤제를 생각할 때마다 두려움과 원망과 그리움이 한데 얽혀 혼란스러웠다. 윤제가 보고 싶을 때마다 마음을 부정했다. 내가 좋아하는 사람은 지수여야 했다. 즉흥적이며 직선적이고 되바라진 지수에게 마음이 끌렸다. 그녀를 향한 욕망에 정신이 혼미해져 다른 감정은 돌아보지 못했다. 빛에 눈이 부셔 어둠 속에 존재를 알 수 없듯이 윤제를 향한 진심도 묻혔다.

어둠이 엷어지고 푸르스름한 빛이 하늘을 채웠다. 어둠이 걷히며 보이지 않던 산등성이가 드러났다. 나는 너무 늦게 윤제의 의미를 깨달았다. 늘 거기 있었지만 내가 외면했던 그 자리에서 윤제는 나를 바라보고 있었다.

어디선가 새벽 새 한 마리가 울었다. 울음소리가 점점 멀어졌다. 나도 모르게 부정했던 감정의 실체를 인정하고 나니 가슴에 평안함이 차올랐다. 나도 네가 보고 싶어 윤제야. 그리움을 담은 고백은 허공으로 흩어지다 사라졌다. 이제야 어지럽던 감정이 걸러지고 윤제를 향한 순수한 감정만 남았다. 너무 늦어서 미안해. 뒤늦은 사과의 말은 윤제에게 닿을 수 없다. 어리석은 나는 자책만 할 뿐이다. 고백의 시간도, 사과의 기회도 새벽 새와 함께 달아나버렸다.

형철이 아저씨와 민우 형의 이불이 얌전하게 개어진 방에서 눈을 떴다. 몇 시간이지만 아무 꿈도 꾸지 않고 잤다. 작업장 주위를 어슬렁거리며 다녔다. 작업 중간에 끼어들면 분위기만 어색해진다. 오전 작업이 끝나고 아저씨들이 작업장을 나왔다. 나는 민우 형과 형철이 아저씨를 찾았다.

-업어가도 모르게 자더니 멀쩡하네.

형철이 아저씨가 퉁명스럽게 말했다. 나는 뒤통수를 긁적이는 것으로 답을 대신했다. 민우 형은 내 안색을 살피며 안심하는 눈치였다. 점심을 먹고 작업장으로 향했다. 민우 형이 엔진 톱으로 대강의 모양을 잡아 놓으면 내가 원형톱으로 세부적인 모양을 완성했다. 여전히 굉음을 내며 돌아가는 날에 신경이 곤두섰지만 참을만했다. 왼손 손바닥으로 대패를 쥔 오른 손목을 누르며 대패질을 했다. 힘이 고르게 분산되도록 천천히 대패를 밀어냈다. 속도가 느리긴 했지만 나무의 표면은 고르게 쓸렸다.

저녁을 먹고 손전등을 들고 정자로 향했다. 나무판을 무릎 위에 올렸다. 굵은 연필로 둥근 얼굴과 숱 많은 눈썹, 굵은 뿔테 안경 밑 넓게 퍼진 코를 그려 넣었다. 윤제와 찍은 사진은 한 장도 남은 것이 없다. 오로지 내 기억 속에 남은 얼굴을 나무판에 재연해야 한다. 수줍게 웃는 입매를 그렸다. 돌출된 입 때문에 놀림을 받아도 윤제는 호쾌하게 웃어댔다. 안경 속 눈은 날카로운 평소 눈매 대신 하회탈처럼 휜 눈을 그려 넣었다. 여드름 때문에 붉게 얼룩진 피부는 굳이 표현하지 않아도 된다. 윤제의 얼굴이 나무판 위에 살아났다. 윤제가 보내준 조각도를 들고 바탕부터 파나갔다. 부드럽게 결을 타던 조각도는 나무판이 들썩일 때마다 삐걱거렸다. 힘을 실어 눌러주어야 하는 왼손이 제 구실을 못하는 바람에 손목에만 지나치게 힘이 들어갔다. 나는 조각도를 손에서 내려놓고 시큰한 손목을 살살 돌렸다. 칼날이 헛나가면 모양이 제대로 나오지 않을뿐더러 날에 손가락을 베일 위험이 크다.

 어둠이 내려앉은 산속은 달빛만 고고했다. 달이 환히 비치면 어둡기만 한 산에 온화한 온기가 돌았다. 산속에서 바라보는 달은 도시에서 바라보던 달보다 크고 밝았다. 아파트 건물 사이에서 빛나는 것보다 별이 가득한 하늘에서 빛나는 달이 한결 분위기 있다. 번쩍이는 네온사인과 자동차 불빛, 환하게 밝힌 가로등에 둘러싸인 도시에는 달빛이 스며들 공간이 없다. 정자에서 달을 바라보고 있으면 헛헛한 가슴이 채워지고 아이들을 향한 분노가 흐물흐물해져서 빠져나갔다. 나무를 만지고 냄새를 맡으면 불안이 씻겨 내려갔다. 이제는 원인 모를 불안에 시달리지 않아도 된다. 들킬까 두려워 속으로만 부르던 윤제의 이름을 소리 내어 말할 수 있다. 윤제를 향한 내 감정에 솔직해질 수 있다.

–동현이냐.

나는 귀신이라도 만난 듯 소스라치게 놀라 자리에서 벌떡 일어섰다. 황 교수님이었다.

–집에 안 가셨어요?

교수님이 정자로 올라와 내 옆에 앉았다.

–작업할 게 있어서 있다 보니 갈 시간을 놓쳤다. 너는 안 자고 왜 나왔어?

–잠이 안 와서요.

–안 오는 게 정상이지. 말은 안 했지만 다시 엔진톱을 만지는 게 쉬운 일은 아니다.

–전에도 이런 사고 있었어요?

–날을 늘 옆에 두는 일인데 왜 없겠어. 톱 만져보니까 등골이 오싹하지?

-이런 손으로도 한옥 지을 수 있을까요?

나는 오른손으로 왼손을 슬쩍 감쌌다. 교수님은 내 왼손을 말없이 내려다보았다.

-도편수 중에도 손가락 없는 사람이 종종 있어. 현장에서 일하다 다친 사람들도 많고. 그런데 이상하지? 톱이라면 자다가도 놀라 도망갈 것 같은데 아직도 나무를 만지고 자르고 있으니. 손가락이 없다는 게 불편하기는 하지만 목수 일을 포기해야 할 만큼은 아니야. 엄지손가락 빼고 다 잘려나간 사람도 있거든. 오른손잡이인 네가 왼손을 다쳤으니 그나마 다행이지. 실습 끝나면 뭐 할 생각이냐? 대목수 시험 보기는 어려울 거 같고. 대학을 가는 건 어때?

교수님은 말을 끊고 옆에 놓인 나무 조각판과 조각도를 무심히 내려다보았다.

-한국전통문화대학교라고 부여에 있어. 그 대학은 자체적으로 입학시험을 치르는데 시험은 좀 어려운 편이다. 어디 가나 공부하라고 난리지? 니 나이가 어리니까 해볼 수 있는 건 다 해봐야 하지 않겠어? 아저씨들이야 다시 학교 들어갈 이유도 없고 여유도 없지만 너는 다르잖아. 여기저기 부딪혀 깨져도 젊으니까 다시 시작할 수 있고. 거기 전통건축학과나 전통미술공예학과에 가면 좀 더 체계적으로 배울 수 있을 거야. 나

같은 사람이야 몸으로 부딪치면서 배웠고 또 그게 통했던 시절이지만 요즘은 융합 교육 시대 아니냐. 진로도 다양하고. 내 보기에 너는 소질이 있어.

-제가요?

믿기 어려워 되물었다.

-묵묵히 참고 하는 게 소질이다, 이놈아. 너는 나무도 좋아하고 기다릴 줄도 알고 섬세한 면도 갖췄으니까 이론까지 무장하면 더할 나위 없이 좋겠지? 지금 조각도를 잡은 게 우연이겠냐. 시간을 두고 생각해보면 가닥이 잡힐 거다.

교수님이 자리에서 일어나 자동차에 올랐다. 교수님을 배웅하고 정자에 앉았다. 교수님의 말을 하나하나 곱씹었다. 손가락이 잘리고도 한옥을 만들었던 이들은 어떤 심정이었을까. 도편수까지 오른 이들이 있다는 말이 내게도 기회가 있다는 말처럼 들렸다. 내가 조각도를 든 것이 우연이 아니라는 말이 귓가를 떠나지 않는다. 기둥을 만들고 창방을 조각하고 나무 조각판에 윤제의 얼굴을 새기는 일이 내가 가려는 길을 하나로 연결하는 징검다리가 되어줄까. 소질이 있다는 말은 기운을 북돋우기에 충분했다.

손전등을 나무판 위로 비추고 연필로 그린 윤곽선을 팠다. 브라더스가 헐리며 종태와 현기와 성욱이의 얼굴 조각판은 사라졌지만 윤제 얼굴은 내 손에서 다시 살아날 거였다. 행복 가득한 얼굴을 나무판에 새기면 윤제의 얼굴 조각판을 지키지 못한 잘못을 만회할 수 있다. 환하게 웃는 윤제의 얼굴을 영원히 간직할 수 있다.

7. 사랑을 말하다

 저녁이면 나는 숙소 처마 백열등 밑에 플라스틱 의자를 놓고 앉아 윤제의 얼굴을 조각했다. 낮에도 점심을 먹고 공터로 올라가 조각을 했다. 양손은 실핏줄 같은 날 자국들로 가득하다. 조각판을 누르는 왼손이 힘을 쓰지 못하면 다리로 눌러 조각판을 고정시켰다. 나는 그 어느 때보다도 조각에 집중했다. 하루하루 윤제의 얼굴이 살아나는 걸 보면 멈출 수 없었다. 나무를 파면서 윤제와의 기억이 새록새록 올라왔다. 헌책방에서 졸다 아저씨에게 잔소리를 들었던 일, 운동장 구석에서 부러진 나뭇가지로 그림을 그려가며 비행기가 뜨는 원리를 설명하던 윤제의 눈빛, 편의점에서 삼각김밥을 걸고 했던 내기까지, 모두 아름다운 추억이었다. 윤제에게 다가갈수록 마음이 가벼워졌다. 무게를 덜어낸 만큼 손놀림도 부드러워졌다.

 -한옥은 가공의 부재료 없이 자연의 것들로 합을 맞추는 작업입니다. 서로 말을 나누면서 호흡을 맞춰야 부재가 제대로

들어맞죠. 한옥을 짓는 사람들은 타인에 대한 배려가 필수입니다. 아무리 잘나도 혼자 한옥을 지을 수는 없는 겁니다. 기둥 하나만 봐도 혼자 들 수가 없어요, 동료가 있어야 하거든요.

　우리가 완성한 선자연은 지붕 안쪽이 부채살을 편 것처럼 단아하게 뻗었고 지붕 위는 기와만 얹으면 완벽한 한옥 지붕이었다. 교수님 말처럼 모두의 손길이 모여 이루어낸 결과물이었다. 졸업이 일주일 남았다. 톱으로 잘라내는 작업은 거의 끝나서 내가 할 수 있는 일도 늘어났다.

　오전 작업을 마치고 학교를 나왔다. 마지막 통원 치료를 받으러 가는 길이었다. 의사가 다른 병원에서 꼭 통원 치료를 받으라고 말했다. 왼손은 여전히 움직임이 부자연스럽다. 재활 치료를 마쳐야 손가락을 구부리기가 수월할 것이다. 내가 입원했던 병실을 찾아갔다. 어린 남자아이와 아저씨 한 명과 나이가 지긋한 아주머니 한 분이 각각의 침대에 누워 나를 바라보았다. 따완이 있던 침대에는 아주머니와 딸로 보이는 여자가 음료수를 마시고 있었다. 여자가 누구를 찾아왔냐고 물었다. 전에 그 침대를 쓰던 환자를 찾아왔다고 말하자 그들은 원래 비어 있던 자리라고 답했다. 어색하게 인사를 하고 병실을 나와 안내데스크를 찾았다. 간호사 누나가 나를 알아보고 반갑게 맞아주었다.

-저랑 같이 입원해 있던 태국 사람은 퇴원했어요?

-태국 사람?

누나는 한참 생각을 하는 것 같더니 안타까운 표정을 지었다.

-그 사람 말도 없이 사라졌어.

-퇴원할 때 못 봤는데 그 후에 오지 않았어요?

-아니, 좀 더 치료받았어야 했는데 갑자기 사라져버렸어.

-짐작 가는 건 없어요?

-외국인 노동자 중에 불법체류자가 많아. 가끔 병원으로 출입국 사무소 직원들이 와서 데려가는 경우도 있고, 도망가는 사람들도 있어. 그 사람도 그런 경우가 아닐까 하는 거지.

-전에 통원 치료받으러 왔을 때만 해도 그 아저씨 거로 보이는 물건이 보였거든요.

-연락도 안 되고 회사에서도 모른다고 해서, 이틀 전인가, 우리가 치웠어. 손은 어때?

누나가 내 왼손을 구석구석 살폈다.

-통원 치료 빼먹지 말고.

-혹시 연락처 알려주실 수 있어요? 같이 지낼 때 나름 친했거든요.

-알려줄 수야 있는데, 맞는지 모르겠다.

인사를 하고 병원을 나왔다. 누나가 알려준 번호로 문자

7. 사랑을 말하다

를 남겼다. 따완 형 저 동현이에요. 잘 지내는 거죠? 두엉 형도 잘 있고요? 건강하셔야 해요. 흰 이를 드러내며 웃던 따완과 두엉과 칸의 얼굴이 떠올랐다. 그들이 무사하길 간절히 바란다. 그들이 상처만 가득 안은 채 자신의 나라로 쫓겨가지 않기를 소원한다. 어딘가에서 김치찌개를 끓여 먹으며 한국말을 유창하게 떠드는 그들을 떠올린다. 매운 양념닭을 먹는 그들이 더 이상 호기심의 대상이 되지 않기를. 내 바람이 전파 대신 바람을 타고 어딘가 있을 그에게 가 닿았으면 했다. 낯선 나라에서도 그들이 행복한 모습을 보고 싶다.

저녁을 먹고 여느 때처럼 조각을 하고 있었다. 대규 아저씨와 경식이 아저씨가 손에 무언가를 잔뜩 들고 숙소로 걸어왔다. 고소한 전 냄새가 코를 자극했다. 술판이 벌어질 모양이었다. 문이 벌컥 열리더니 형철이 아저씨와 민우 형까지 나와 짐을 받아들었다. 너도 들어와서 먹어라. 대규 아저씨가 나를 쳐다보고 섰다. 형철이 아저씨가 머뭇거리는 나를 잡아끌어 엉겹결에 방으로 들어갔다. 검은 비닐 안에서는 파전과 김치전, 도토리묵, 막걸리가 딸려 나왔다.

-무슨 날이에요?

-너는 그렇게 붙어다니면서 형 생일을 몰라?

경식이 아저씨가 종이컵에 막걸리를 따르며 말했다. 형이 멋쩍어하며 잔을 받았다.

-며칠 지났는데 이렇게 챙겨주시네.

-알고 어떻게 지나냐. 같이 먹고 자고 한 게 얼만데.

형철이 아저씨가 신문지 위에 안주를 늘어놓으며 내게도 젓가락을 놓으라고 시켰다. 졸지에 생일상을 빙자한 술자리가 이어졌다. 민우 형은 아저씨들이 주는 술을 넙죽넙죽 잘도 받아마셨다. 브라더스에서 생일빵을 하던 기억이 떠올랐다. 얼굴에 묻은 케이크를 맛있게 먹던 윤제는 소주 한 잔에 얼굴이 벌게져서 어쩔 줄 몰라 했다. 아이나 어른이나 생일을 챙겨주는 이가 있다는 건 행복한 일이었다.

-넌 한옥이 마음에 드냐?

-아파트보다는 인간적인 거 같아요. 사람 위에 사람이 사는 게 아니니까.

경식이 아저씨 질문에 민우 형이 고분고분 답했다.

-너 한옥에 왜 대청마루가 있는지 아냐?

형철이 아저씨가 꺼억꺼억 연달아 트림을 해대며 말했다. 민우 형이 답을 하기도 전에 형철이 아저씨가 나섰다.

-그게 다 자연을 이용하는 선조들의 지혜야. 여름에 대청마루 창을 열어두면 앞마당의 더운 기운이 집 뒤편 산에 부딪혀서 시원한 기운으로 바뀌어 돌아온다 이거야. 바람의 순환을

이용하는 거지. 기가 막히지? 우리가 그런 사람들 후손이다 이거야.

-그거만 있나. 처마가 그냥 맵시만 내려고 있는 게 아냐. 빗물 떨어지는 것도 생각하고 햇빛도 막아주고 말야. 처마 길이는 마루까지 다 계산해서 빼는 거야. 마루에 앉아 비 내리는 걸 볼 수 있단 말이지. 보면 옛날 사람들이 멋을 좀 알아.

경식이 아저씨와 형철이 아저씨가 서로 잘났다며 아는 척을 해댔다. 그 옆에 앉은 대규 아저씨는 아무 말이 없고 민우 형은 머리를 주억거리며 아저씨들 말에 맞장구를 쳤다.

-많이 먹어라. 한창 먹을 나인데.

대규 아저씨가 김치전을 내게 밀어주며 말했다.

-형님은 저 자식 은근 챙기대. 형님 자식도 아니구만.

형철이 아저씨가 볼멘소리를 했다.

-자식은 이미 다 커서 장가보낼 나이겠지.

경식이 아저씨가 대규 아저씨를 쳐다보며 말했다.

-동현이 요새 조각하느라 바빠요. 얼마나 잘하는데요.

술에 취한 형이 묻지도 않은 말을 해댔다.

-손끝 야무진 게 하루 이틀이 아닌 것 같더라니. 조각을 했구나.

대규 아저씨가 나를 향해 환하게 웃었다.

-내가 너 근성은 인정한다.

형철이 아저씨가 건배하듯 내게 잔을 들어 보이며 말했다.

-아들은 들어왔냐?

경식이 아저씨가 물었다. 형철이 아저씨는 대답 대신 잔에 술을 채웠다.

-도대체 그게 왜 좋은 거야. 쌀자루 같은 바지 입고 껄렁거리는 게. 들어와서는 지는 죽어도 춤을 춰야겠대. 승질나서 팼더니 피하지도 않고 맞아. 죽여도 한다니 그걸 어떻게 말리냐.

형철이 아저씨는 안주도 없이 술만 마셨다.

-하고 싶다는데 놔둬. 원 없이 해봐야 후회도 없지.

대규 아저씨가 독백하듯 말했다.

-그냥 믿어주시면 안 돼요?

속엣말이 튀어나왔다.

-뭘 믿어. 양아치 새끼 되는 걸 지켜만 보라고?

-춤 좋아하면 양아치예요? 제가 조각 좋아하듯 춤을 좋아하는 거뿐이잖아요.

알코올은 입에 대지도 않았는데 어디서 용기가 났는지 모를 일이었다. 답답하고 안타까운 마음이 나를 향한 것인지 형철이 아저씨 아들을 위한 것인지 구별되지 않았지만, 아저씨의 터무니없는 억측에 반박하고 싶었다. 낡은 잣대의 틀 안에 가두려는 아집에 돌이라도 날려야 덜 억울할 것 같았다.

-끼리끼리 논다더니.

형철이 아저씨는 상대할 가치도 없다는 듯 술을 마셨다.

-동현이 말이 틀린 말은 아니지. 아버지가 아들을 믿어줘야지. 사사건건 잡고 늘어지면 애가 엇나가기밖에 더해?

형철이 아저씨는 경식이 아저씨 말에도 묵묵부답이었다.

-애부터 뉘여야겠다.

대규 아저씨가 자리에서 일어섰다. 이리저리 몸을 흔들고 앉아 있던 민우 형은 고개를 가슴에 처박고 잠이 들었다. 나는 재빨리 구석에 이불을 폈다. 대규 아저씨와 경식이 아저씨가 형을 들어 바닥에 눕혔다. 형은 잠깐 정신을 차리는가 싶더니 이내 곯아떨어졌다. 형철이 아저씨가 술이 남았다며 두 아저씨를 잡아끌었다. 나는 화장실에 가는 척하고 가방을 들고 나왔다. 형철이 아저씨는 술을 마시면 말이 많아질 뿐만 아니라 같이 마신 사람들을 끝까지 잡아 놓는다. 대규 아저씨와 경식이 아저씨는 술이 떨어질 때까지 잡혀 있어야 했다.

가방에서 완성된 나무판을 꺼내 보았다. 좋아서 입이 저절로 벌어지던 윤제의 얼굴이 나무판에 담겼다. 윤제야 너 졸라 멋있어. 칭찬 한마디에 윤제는 어쩔 줄 몰라 했다. 험상궂어 보이는 얼굴이 순한 소년이 되는 순간이었다. 나는 윤제의 미소를 좋아했다. 그 미소를 보려고 일부러 놀리며 부추겼다. 조각판을 가방에 넣고 윤제의 스케치북을 꺼내 손 소묘를 찾아 펼쳤다.

'그림 속 손을 동현이가 나무판에 새겨주면 좋을 것 같다. 밤마다 기도하는 내 간절한 바람까지 함께 새겨 주기를.' 나는 윤제가 남긴 바람을 나무판에 옮기려 한다. 새 나무판을 꺼내 조각도 위에 올려두었다. 문이 열리고 대규 아저씨와 경식이 아저씨가 비닐을 들고 나왔다.

-형철이 아저씨 누웠으니까 바로 잠들 거야. 방은 치웠으니까 들어가 자면 된다.

대규 아저씨가 말했다. 경식이 아저씨는 방으로 들어가고 대규 아저씨는 세면장으로 내려갔다. 연필을 꺼내 맞닿은 두 손의 위치를 대강 선으로 이었다.

-이게 뭐냐? 봐도 되냐?

대규 아저씨가 손에 묻은 물을 바지에 문지르며 내게 물었다. 숨길 틈을 놓쳐 아저씨에게 손 소묘를 보여주었다.

-이런 걸 그린 그림도 있구나. 그래도 이 손은 나보다 양반이네.

아저씨가 그림을 보며 웃었다. 나는 아저씨의 손을 내려다 보았다.

-아저씨 손, 그림이랑 닮았어요.

-머리 굵어지고 시작한 농사에 찢기고 패이고 부러지고, 온갖 노가다판을 헤매고 다녔으니 어떤 연장도 이보다 험하지는 않을 거다. 보기 흉하지? 남들 앞에 손을 내밀어 본 적이 없어.

뼈마디가 툭툭 불거져 나온 아저씨 손은 녹슨 쇠스랑 같기도 하고 괴기 영화에 나오는 괴물의 손처럼도 보였다.

-우리 아들도 손으로 조몰락거리는 걸 좋아했는데, 너 보면 자꾸 아들 생각이 난다. 너무 오래 아파하지는 마라. 곧 옛말 할 때가 올 거야.

대규 아저씨가 내 왼손을 살며시 쥐며 말했다. 나는 울컥 터져 나오려는 눈물을 삼키며 고개만 끄덕였다. 아저씨가 방으로 들어갔다. 아저씨가 잡았던 손에 온기가 남았다. 손가락이 잘리고 내 왼손을 이렇게나 따뜻하게 잡아준 사람은 대규 아저씨가 처음이었다. 오른손으로 왼손을 감쌌다. 뭉뚝 잘려나간 손가락의 촉감이 낯설었다. 왼손을 앞으로 쭉 뻗었다. 엄지와 새끼손가락 사이 잘린 손가락 위로 초승달이 들어왔다. 아라베스크 무늬처럼 특이했다. 아저씨 손은 그림보다 더 험악하지만 정직해 보였다. 아저씨의 손은 흉측하지 않았다. 삶이 축적된 신체이기 때문일 것이다. 내 손도 누군가에게 아름다

울 수 있을까. 의미로 가닿을 수 있을까. 나는 주머니에서 휴대폰을 꺼내 내 왼손을 찍었다. 번쩍이는 빛에 잘린 부분이 선명하게 드러났다.

나는 기도하는 손을 스케치한 나무판을 뒤집었다. 왼손을 나무판에 대고 손가락을 벌렸다. 벌어진 손가락 사이로 연필을 넣어 모양을 따라 그렸다. 손등에 파르스름하게 비치는 혈관과 손가락에 주름, 흉터까지 손목과 붙어 내 몸의 일부를 이루는 왼손을 있는 모습 그대로 나무판에 옮겼다. 수술한 부위에 돋은 새살은 매끄럽게 덮이지 못해 울퉁불퉁하다. 연한 분홍빛을 띤 새살을 표현할 수 있을까. 세심한 뒤처리가 필요할 것이다. 숙소의 불빛이 하나둘 꺼졌다. 처마에 달린 전구만이 어둠을 밝히고 나는 웅크린 자세로 조각도를 움직였다.

조각판을 누르고 있던 왼손 손목이 뻐근해 주무르고 있을 때였다. 슬며시 문이 열리고 민우 형이 나왔다. 부스스한 머리를 양손으로 부여잡은 것이 숙취가 몰려오는 듯했다.

-괜찮아 형?

형이 인상을 쓰며 고개를 저었다. 식수대에서 물을 받아 형에게 건넸다.

-생일인 거 왜 얘기 안 했어?

-어린 애도 아니고, 객지에 나와 있는데 생일까지 챙겨. 형

7. 사랑을 말하다 · 157

철이 아저씨가 어떻게 안 건지 꼬치꼬치 물어대서 알려줬더니 술판을 벌이셨네. 머리가 깨질 것 같다. 막걸리는 이게 안 좋아.

형은 금세 컵의 물을 비우고 마루에 앉았다.

-잠 안 자고 뭐하는 거야?

나는 손 소묘를 형에게 보여주었다.

-근사한 손이네.

-실은 이 소묘를 새기려고 했는데 같은 손이면 내 왼손을 새겨보고 싶어서. 매일 주머니 속에 감추기만 했는데 이제는 부끄러워하지 않으려고.

형에게 나무판에 그린 내 왼손을 보여주었다. 형은 소묘와 나무판 속 내 왼손을 오래 들여다보았다.

-모두 아름다운 손이네. 그 친구 얼굴은 다 끝냈어?

나는 가방에서 윤제 얼굴을 조각한 나무판을 꺼냈다.

-이 아이 행복하겠다. 오롯이 이 아이만 생각하면서 조각한 거잖아. 알면 얼마나 좋아할까.

-처음에 했던 조각보다 윤제랑 더 똑같은 거 같아.

나는 조각판을 손바닥으로 쓸어내렸다. 완성된 조각판을 보여준다면 윤제는 얼굴을 붉히며 부끄러워했을 것이다.

-한옥학교에 온 이래 가장 행복해 보인다.

형 말처럼 한결 가벼워진 나를 느낀다. 무언가에 눌려 있다 온전하게 펴진 나를 만난 기분이다.

-들어가지 않을래?

-잠이 올 거 같지 않아. 조금만 하다가 들어갈게.

형이 고개를 끄덕이고 방으로 들어갔다.

나는 휴대폰의 플래시라이트 기능을 켜고 조각도를 움직였다. 나뭇결을 따라 손의 윤곽을 팠다. 손등의 힘줄과 손가락의 주름은 껍질을 하나씩 벗기듯 여러 번 칼을 움직여 세세하게 표현했다. 마지막으로 날이 가는 칼로 긁어내 깊이를 조절했다. 새벽이 깊어지고 나는 짙은 초록이 옅어지는 즈음 방으로 들어가 누웠다. 어느 누구의 손보다 빛나는, 아름다운 나의 왼손이 나무판 속으로 들어왔다.

내일이면 졸업이다. 어제 전화를 받은 이후부터 마음이 싱숭생숭하다. 아버지가 데리러 가신대. 아버지가 여름 특강 접수하셨거든. 곧 애들 방학이잖아. 학교처럼 통학하는 수업이야. 아무래도 같이 숙식하는 건 너에게 부담이 클 거 같다고. 아버지 친구분이 운영하시는 입시전문학원이래. 내일 보자. 나는 처음부터 전화가 끊어질 때까지 형의 말을 듣기만 했다. 아버지는 발 빠르게 움직였다. 집으로 돌아가면 나는 종일 수

학과 영어와 국어 문제집에 파묻혀 지내야 한다. 아버지는 내가 아버지의 뜻을 따를 수밖에 없다고 확신하고 있다. 이렇게 끌려가야 하는 걸까. 다시 조각도를 잡을 방법은 없는 건가. 나는 아버지를 설득할 자신도, 무작정 집을 나가 길거리를 헤매고 다닐 배짱도 없다.

숙소에는 조촐한 술 파티가 벌어졌다. 졸업을 앞두고 그간 함께 지낸 시간을 아쉬워하며 아저씨들이 방마다 인사를 다니고 있었다. 나는 아저씨들을 피해 정자에 나와 있었다. 대목수 과정을 수료하면 한옥을 짓는 현장에 파견되는 경우가 있는데 우리 기수에서는 민우 형과 대규 아저씨로 정해졌다. 다른 아저씨들은 각지로 흩어졌다 대목수 시험에서나 보게 될 거였다.

정자에 누워 하늘을 보다 천천히 학교 주변을 거닐었다. 우리가 지은 한옥을 한 바퀴 돌고 어둑어둑한 식당 뒤편 바위에 앉아 물수제비를 뜨듯 돌들을 던졌다. 공터가 보이는 산길은 너무 어두워 오르지 못하고 건조하기 위해 쌓아둔 나무더미에 앉았다. 기둥과 서까래로 다시 태어날 나무들의 까칠한 껍질을 살살 쓰다듬었다. 아버지는 조각을 허락하지 않을 것이다. 한옥을 짓는 일도, 전통문화대학을 가는 것도 아버지의 기준에 미치지 못할 거였다. 아버지의 지원 없이 혼자 힘으로 살아갈 방법은 없다. 아버지 몰래 엄마에게 도움을 청하는 것도 떳떳하지 못하다. 나는 어떤 이유로도 조각을 포기하고 싶지 않다. 정 힘들면 언제든 내려와라. 삼촌은 신발을 신는 내 뒤통수에 대고 말했다. 아버지는 집 앞에 세워둔 차에서 내리지 않았고 삼촌도 아버지를 만나러 문밖을 나서지 않았다. 삼촌에게 가는 것이 맞는 일일까. 아버지에게서 도망치는 것 외에 다른 선택지는 없는 걸까. 어딘가에 갇힌 것처럼 답답했다.

민우 형이 부르는 소리가 들렸다. 형이 양손에 맥주캔을 들고 정자로 걸어왔다.

-왜 혼자 나와 있어. 아저씨들이 너 찾던데.

-내가 있으면 방해나 될 걸. 내일 인사하면 되지.

형이 캔 뚜껑을 따서 내게 건넸다. 형과 한옥학교에서 마시는 마지막 술이었다. 검은 산을 풍경 삼아 술을 마셨다. 검은 산은 여전히 으스스하다. 기우뚱한 모양의 달이 구름 사이에서 얼굴을 내밀었다. 이렇게 가까이서 달을 볼 수 있는 날이 다시 올지 알 수 없다. 숫자로 헤아릴 수 있는 날보다 더 많은 시간을 이곳에서 보낸 것처럼 지난 시간이 아득하다. 아침이면 즐겨듣던 새소리와 굽이쳐 흐르는 바람 소리, 우주를 떼어다 붙여놓은 듯한 별무리가 많이 그리울 것이다. 기억 속에서 점점 아득해지겠지만 순간순간 떠올리는 것만으로 빡빡한 생을 부드럽게 어루만져줄 거라 기대해본다. 이곳에 내가 있었고 민우 형과 아저씨들이 함께 했다. 기둥과 서까래로 남은 나무가 우리가 머물렀던 시간을 증명해줄 것이다.

-현장에 나가는 기분이 어때?

-얼떨떨하지. 내가 잘 해낼 수 있을지도 모르고. 두렵기도 하지만 솔직히 설레. 실습용으로 만드는 거 말고 제대로 된 한옥을 지을 생각 하면 콩닥콩닥거린달까. 첫 출근 앞둔 심정이야. 너는 계획이 뭐야?

-아버지가 학원 등록해놓았대.

-마음이 복잡하겠구나.

-검정고시 준비해서 합격하면 낮에는 조각하고 밤에는 공부하려고 했는데.

-방법이 있겠지.

나는 가만히 고개를 저었다.

-확실한 계획은 있어.

-뭔데.

-윤제를 만나러 갈 거야. 경기도에 있는 병원이래. 아직까지 의식은 돌아오지 않았고. 종태가 알아내느라 힘들었다고 얼마나 생색을 내던지.

-그 친구 재주 좋다.

형이 헛웃음을 지었다.

-물어보고 싶은 게 있어. 내가 윤제를 좋아한다고 말했을 때 기분이 어땠어? 소름 돋았어?

-아니. 전에 그 친구 얘기 들었을 때 어리지만 참 용감하다는 생각이 들었어. 뒤늦게 자기 감정을 인정하는 것도 쉬운 게 아닌데, 동현이 너도 대단하고.

-형은 이성애자야?

-아직까지는.

-난 내가 게이인지 아닌지 확신은 들지 않아. 하지만 내가 윤제를 많이 좋아한다는 거는 의심하지 않아. 주변 사람들은 다 아는데 왜 나만 몰랐을까. 지수 때문에 가슴이 아팠던 적은 없어. 짜릿한 쾌감에 늘 들떠 있었던 거 같애. 그런데 윤제는 스며드는 느낌이야. 내 안에 꽉 차서 나랑 구분이 안 되었나 봐.

-자아 성찰이 깊어졌네.

형이 머리칼을 마구 흩뜨렸다.

-그냥 윤제니까, 윤제를 좋아할래.

남자가 아니라 동현이를 좋아한다는 윤제의 말을 비로소 이해했다. 형과 맥주캔을 부딪치고 남은 맥주를 단숨에 마셨다.

-니 말이 정답이다.

형이 웃으며 바닥에 놓인 윤제의 스케치북을 펼쳤다. 윤제가 채우지 못한 여백에 나는 아저씨들의 모습을 그려 넣었다. 작업 중간중간 톱을 들고 나무를 자르는 모습과 대패질하는 어깨와 팔, 톱밥 먼지 쌓인 작업장 풍경을 스케치했다. 모든 그림은 나무판에서 역동적으로 살아날 것이다.

-멋있다. 조각도 든 동현이 모습 오래 보고 싶다.

-나무들이 하나둘 모여 집을 이루는 과정이나 나무판의 공간을 수많은 선으로 채워가는 과정이 비슷한 거 같아. 공부는 내가 채워갈 게 없어. 완성된 걸 따라하는 거지. 조각도가 지나는 곳마다 길이 열리고, 그 길 위에 선 내가 생생하게 느껴져. 고마워 형. 형이 없었으면 나 버티지 못했을 거야.

-넌 잘 해낼 거야. 어린 나이에도 자기 길을 뚜렷하게 알 만큼 똘똘하잖아. 모든 길이 네게 열려 있어. 겁내지 말고 가봐.

-만약에 현장에서 형이 찾던 게 없으면 어떻게 할 거야?

-또 찾아야지. 돌아간다고 못 가는 것도 아니고 늦어진다고 조급해할 것도 없잖아.

형의 여유는 어디에서 비롯된 것일까. 흔들리지 않고 나아가는 형의 모습이 든든한 나무 같았다.

-별, 너무 예쁘다.

-동현아, 너는 내가 본 어떤 십대보다 현명하고 순수하고 열정적이야. 저 별처럼 빛나는 사람. 너를 만나서 나도 고마

워…. 그 친구도 꼭 깨어났으면 좋겠다.

형이 내 왼손을 잡으며 말했다. 윤제를 기억하는 사람이 하나 더 늘었다. 봐주는 이가 없어도 별은 제자리에서 밝게 빛난다. 형은 형의 자리에서, 나는 내 자리에서 윤제는 윤제의 자리에서 저마다의 밝기로 자신을 증명할 것이다. 어쩌다 밤하늘에서 서로의 별을 알아본다면 그것으로 충분한 위안이 될 거였다.

형철이 아저씨와 떨어진 자리에 이불을 펴고 민우 형과 나란히 누웠다. 아저씨의 코 고는 소리가 방 안에 울렸다. 한옥학교에서 마지막 밤이다. 형의 손을 가만히 쥐었다. 손바닥으로 전해지는 온기는 설레기보다는 편안했다. 몇 시간이 지나면 윤제를 만난다. 내 손안의 온기가 윤제에게 전달될까. 기대와 우려가 뒤섞인 새벽이 더디게만 흘렀다.

졸업식은 우리가 지은 한옥 앞에서 간단하게 치러졌다. 우리는 기념사진을 찍었다. 교수님은 우리가 지은 집이 흠잡을 곳이 없다며 칭찬했다.

내가 만들었던 기둥을 손으로 훑었다. 지붕 안쪽을 올려다보았다. 내가 깎았던 서까래가 어느 것인지 찾을 수 없었다. 더 많은 부재를 다뤄보지 못한 것이 나는 무척이나 아쉬웠다.

-섭섭하냐?

옆으로 다가온 민우 형이 물었다.

-내가 깎은 걸 못 찾겠어.

-찾아서 뭐 하려고. 저 많은 부재들을 우리가 깎아서 만들었다는 게 중요하지.

민우 형은 자신의 나무를 가슴에 품은 것처럼 보였다. 대규 아저씨와 경식이 아저씨, 형철이 아저씨까지 모두 자신의 나무 한 그루를 가슴에 품고 돌아갈 수 있을까. 넉 달 동안 서로 부대끼며 생활해서인지 나를 미워했던 형철이 아저씨까지도 떠나는 발걸음이 가벼웠으면 싶었다.

우리는 우리가 머물렀던 숙소를 지나 사무실과 밥을 먹던 식당과 저녁이면 날을 갈던 세면장까지 둘러보았다. 우리는 마지막으로 수없이 나무를 깎고 자르던 작업장을 청소했다. 나는 손가락을 잃어버렸던 자리에 서서 주위를 둘러보았다. 어딘가에 잘린 손가락 마디가 숨어 있을 것 같았다. 아저씨들도 매일 같이 머물던 작업장을 떠나는 것이 아쉬운지 청소를 끝내고도 한동안 서성거렸다.

대규 아저씨가 내게 다가왔다.

-오래오래 조각해라. 살다 보면 그런 거다. 옆에 있어도 모를 때가 있고, 돌고 돌아야 찾을 수 있는 게 있다. 손가락 잘린 일이야, 안됐지만 여기 와서 너도 배운 게 많을 거다.

대규 아저씨의 손이 내 어깨를 토닥였다.

황 교수님이 아저씨들과 일일이 악수를 나누고 내 앞에 섰다. 나는 왼손을 내밀었다. 교수님은 내 손을 오랫동안 잡고 있었다. 그 누구도 미안할 일은 아니었다. 그것은 단순한 사고였고 누구에게나 일어날 수 있는 일이었다.

-준비하다 어려운 일 있으면 연락해라.

교수님이 내 옆을 스쳐 지나가며 작게 속삭였다.

아저씨들은 서로 덕담을 나누며 악수를 했다. 언제 어디서 다시 만날지 알 수 없지만 목수 일을 하는 한 한 번은 마주칠 거였다. 아저씨들은 내가 가장 기억에 남을 것 같다고 입을 모았다. 나는 손가락이 잘린 사건만 기억하지 말고 잘생긴 얼굴도 옵션으로 저장해 달라고 부탁했다.

-동현이 너 능구렁이, 다 됐다. 넌 앞으로 뭐 하냐? 나무 팔 거냐?

형철이 아저씨가 끼어들었다.

-그래야죠. 제가 아저씨들 일하던 모습도 조각할게요.

-모델료는 어쩌고?

-형철이 아저씨 빼고 우리만 조각해. 우리는 그런 거 안 받는다.

대규 아저씨가 형철이 아저씨 말을 자르고 나섰다.

7. 사랑을 말하다

-근성은 있는 놈이니까 너는 뭘 해도 될 거다.

형철이 아저씨에게 듣는 칭찬이 유독 반가웠다.

-아저씨도 아들 한 번만 믿어주세요. 춤 잘 춘다면서요.

-춤이야 잘 추지.

형철이 아저씨가 말끝을 흐렸다. 아저씨의 고민은 좀 더 오래갈 것 같다. 아저씨들이 각자의 자동차에 올랐다. 자동차가 차례로 산길을 내려갔다.

주차장에서 아버지를 기다렸다. 민우 형은 나를 위해 자리를 피해주었다. 검은 자동차 한 대가 언덕길을 올라 주차장에 멈췄다. 아버지와 엄마가 차에서 내렸다. 나는 어깨에 멘 가방을 내려 들고 아버지 앞으로 걸어갔다.

-완전 산속이구나. 다들 돌아가고 너만 남은 거냐. 차에 타라.

-아버지 드릴 말씀이 있어요.

-타고 가면서 말해.

-형한테 들었어요. 학원 등록하셨다구요. 아버지… 저 학원 가기 싫어요.

-너 한참 늦은 건 알고 있냐? 단기간에 성적 올리려면 학원 노하우를 배워야지. 형이랑 비슷하게는 가야 할 거 아니야.

-저는 조각하고 싶어요. 진심이에요.

-나무나 파면서 한심한 인생 살 거냐?

-전 나무가 좋아요. 그리고… 윤제와의 약속도 지키고 싶어요.

아버지가 눈썹을 치켜올리며 나를 쳐다보았다.

-그 이름을 네 입으로 또 듣는구나.

-동현아, 제발.

엄마가 눈을 질끈 감으며 소리를 질렀다.

-일단 집에 가서 얘기하자.

-먼저 갈 데가 있어요.

아버지는 다음 말을 기다렸다.

-윤제가 있는 병원이요. 윤제에게 꼭 전하고 싶은 말이 있어요.

아버지 얼굴이 심하게 일그러졌다. 나는 가방을 열어 스케치북과 조각도 상자를 꺼냈다.

-이건 윤제가 제게 준 거예요. 앞으로 저는 이 조각도로 나무를 팔 거예요. 그리고 윤제에게 말해줄 거예요. 실은 저도 윤제를 많이 좋아한다구요.

엄마가 자리에 주저앉았다. 아버지는 말을 잇지 못하고 나를 쏘아보았다.

-니가 한 말이 뭘 의미하는지 알고나 하는 소리냐?

-알아요. 아버지는 절대 용납하지 않으시겠죠.

-이건 공부를 안 하는 문제하고는 차원이 다른 거야. 내 아

들이 그럴 수는 없다. 그래도 그 아이를 만날 거야.

-이제는 숨지 않을래요. 좋아하는 사람에게 좋아한다고 표현하는 게 잘못은 아니잖아요.

-단단히 미쳤구나. 후회할 거다.

-후회해도 해볼래요. 제가 선택한 길이잖아요.

아버지가 주저앉은 엄마를 일으켜 세웠다. 엄마는 두 손으로 얼굴을 가리고 흐느꼈다. 엄마의 눈물에 가슴이 아렸지만 나는 자리에서 움직이지 않았다. 아버지가 엄마를 부축해 차에 태웠다. 아버지가 차에 타기 전에 나를 돌아보았다.

-어리석은 놈.

아버지의 차가 언덕길을 내려갔다. 아버지가 다시는 나를 찾지 않을 거라는 걸 안다. 아버지에게 지울 수 없는 상처란 걸 알지만 넘어야 할 선이었다. 선 너머에는 지금까지 경험해 보지 못한 불확실한 내일이 버티고 있을 테지만 내 힘으로 가 보고 싶다.

나는 민우 형과 산길 공터에 도착했다.

-탁 트인 이곳에 서면 복잡한 머릿속이 정리되는 거 같아.

-속이 뻥 뚫린다.

형이 가슴을 활짝 펴며 심호흡을 했다.

-아버지가 나를 용서할까? 용서받지 못할 걸 알면서도 용

서를 바라는 게 맞는 건지 모르겠어.

　스스로 버림받는 길을 택했지만, 내가 먼저 아버지의 손을 놓은 것이나 다름없다. 아버지는 결코 흔들리는 사람이 아니다. 뒤돌아보지 않는다. 영원히 그에게 다가갈 수 없을까, 나는 그것이 두려웠다.

　-돌아서는 날이 있으면 인정해주시는 날도 올 거야. 아버지 퇴원하시고 오늘 처음 찾아뵙는데 현장에 나간다는 말을 어떻게 꺼내야 할지 나도 겁나. 내 길을 열심히 가다보면 알아주시는 때가 올 거라 믿는 수밖에. 너도 아버지를 믿어봐.

　형의 말처럼 나도 아버지를 믿고 싶다.

　-이제는 감정에 솔직한 내가 될래. 누구를 좋아하던 나답게.

　작은 구름이 한데 모여 거대한 구름산을 이루었다. 구름산이 천천히 앞으로 나아갔다.

　-형, 저 구름처럼 말야, 윤제도 나도, 따완 형이나 두엉 아저씨 같은 사람들도 다 어우러져 사는 세상이 올까. 서로 밀어내지 않고 있는 그대로 이해받는 세상 말야.

　-오겠지. 우리부터 밀어내지 않으면 되지 않을까?

　형은 언제나 긍정적이다. 어려운 문제도 가볍게 접근하는 형의 여유가 부러웠다.

　-너는 앞으로 어떻게 할 건데.

-윤제부터 만나보고 결정할래.

-뭐든 하고 싶은 거 해봐. 너는 잘 해낼 거야. 아저씨들 틈에서도 버텨냈고 끌려가는 대신 니 길을 선택했잖아.

형의 말에 용기를 얻었다. 원치 않는 길에서 나왔으니 원하는 길을 찾으면 된다. 찾지 못하면 만들어가는 것도 내 삶의 방식이 될 것이다.

형과 함께 산길을 내려왔다. 형철이 아저씨는 틀렸다. 가장 먼저 학교를 떠날 거라던 내가 마지막까지 학교에 남았다. 시외버스 터미널에서 형과 헤어졌다. 대합실 의자에는 나와 할아버지 한 분만이 버스를 기다렸다. 할아버지가 의자 위에 놓인 내 왼손을 힐끗거렸다. 할아버지의 시선을 따라 왼손을 내려다보았다. 엄지와 새끼손가락을 구부려 주먹을 만들었다. 무언가를 움켜쥐고 있는 듯 단단한 모양새가 마음에 들었다. 할아버지가 나를 흘낏거리다 고개를 돌렸다.

버스에 올랐다. 버스가 속도를 내며 터미널을 빠져나갔다. 종태가 보내준 병원 주소를 확인했다. 도심에서 떨어진 요양원이라고 했다. 가족도 아닌 내가 면회를 할 가능성은 희박하다. 종태 말처럼 윤제 어머니를 설득하는 것이 유일한 방법이다. 윤제 어머니가 끝까지 반대한다면 윤제를 만나지도 못하고 돌아서야 할 것이다. 윤제를 만날 보장은 없지만 내 눈으로 윤제의 상황을 확인하고 싶었다. 의식조차 없는 윤제라도 상관없었다.

시외버스에서 내려 요양원행 버스를 갈아탔다. 휴대폰 길찾기를 따라 경사진 언덕을 올랐다. 숲 한가운데 건물 하나가 서 있었다. 친구 면회를 왔다는 말에 안내원이 누군가에게 전화를 걸었다. 입구로 걸어 나온 사람은 윤제 엄마였다. 윤제 엄마를 따라 병원 밖 마당 의자에 앉았다. 가방에서 나무판과 조각도를 꺼냈다.

-손은 어쩌다 그렇게 됐니?

윤제 엄마가 왼손을 보고 물었다. 나는 한옥학교에서 지낸 시간과 사고에 대해 자세하게 말했다. 윤제를 만나기 위한 통과 의례처럼 여겨져 하나도 빠뜨리지 않았다. 나무판을 건네자 윤제 엄마는 말없이 받아 한참 들여다보았다. 다 자란 아들의 어린 시절 사진을 보며 추억에 빠진 듯 온화한 표정이었다. 윤제에게 나무판을 보여주고 싶다고 말했다. 윤제 엄마는 담담한 얼굴로 윤제의 상태를 얘기했다.

-네 앞에서 눈물을 흘릴지 몰라. 하지만 너를 알아보고 하는 행동은 아니야. 그냥 신체적인 반응이지. 윤제가 너를 보면 좋아하겠구나. 너를 그렇게나 보고 싶어 했는데.

저절로 고개가 움츠러들었다. 윤제 엄마를 따라 병실로 들어갔다. 윤제는 창가 쪽 침대에 누워 있었다.

-누가 왔는지 알아? 니가 그렇게 노래를 부르던 동현이가 왔네. 산속에 있다 와서 그런지 동현이는 아주 건강해 보여.

윤제는 다 알아듣는 것처럼 보였다. 윤제 엄마가 내게 의자를 건네주고 자리를 비켜주었다. 윤제는 마지막으로 봤을 때보다 야위었다. 아직 잠이 덜 깬 듯 느리게 눈을 깜박였다. 나는 윤제의 손에 내 손을 포개고 나무판을 천천히 더듬었다.

-나무판 속 너는 활짝 웃고 있어. 느껴지지? 끝까지 올라간 입꼬리랑 반달 모양으로 휜 눈. 전에 새긴 것보다 훨씬 잘생겨 보여. 네가 준 조각도로 판 거야. 마음에 들어?

내게 손을 잡힌 윤제는 미동도 없었다. 나무판의 구석구석까지 훑어 내려간 후 윤제의 손을 내 왼손 위에 올렸다. 윤제의 손가락이 잘려나간 검지와 중지와 약지를 감쌌다.

-기계톱에 손가락이 세 개나 잘렸어. 봉합이 잘 됐는데도 잘린 마디가 울퉁불퉁해. 꿰맨 자리에 새살이 올라와서 그런가봐. 처음엔 너무 낯설었는데 이제는 내 손 같아.

윤제 눈에서 눈물이 흘러내렸다. 초점 없이 깜박이는 눈은 천장을 향해 있다. 윤제의 눈물에 전염된 듯 억눌렸던 눈물이 걷잡을 수 없이 쏟아졌다. 나는 목울대가 얼얼해지도록 소리 내 울었다. 내 울음소리가 병실에 가득 찼다. 세상에 혼자 남겨진 자의 몸부림처럼 서글픈 울음은 윤제의 잠 속으로 스며들지 못하고 공기 속으로 흩어졌다.

축축하게 젖은 얼굴을 소매로 닦았다. 소리마저 사라진 병실은 적막했다. 함께 조각도를 쥐고 나무를 파던 브라더스의 한낮처럼 촘촘한 공기가 나와 윤제를 에워쌌다.

사랑해 윤제야. 내 안에서 부유하던 말들이 마침내 출구를 찾아 세상 밖으로 나왔다. 사랑해 윤제야. 다시 한번 소리 내어 말했다. 윤제를 향한 고백은 부메랑이 되어 내 가슴으로 날아왔다. 사랑한다는 말은 가슴 속에 뿌리를 내리고 단단해졌다. 작은 나무 하나가 내 안에서 싹을 틔웠다. 고개를 든 싹이 햇살을 받아 눈부시게 빛났다. 나의 나무가 세상을 향해 가지를 뻗고 가지 끝에 윤제의 환한 웃음이 걸렸다.

청색지소설선 7

너에게 하고 싶은 말

김선희 소설

초판 1쇄 발행 2023년 10월 30일

지은이	김선희
펴낸곳	청색종이
펴낸이	김태형
인쇄	범선문화인쇄
등록	2015년 4월 23일 제374-2015-000043호
주소	서울시 영등포구 문래동2가 14-15
전화	010-4327-3810
팩스	02-6280-5813
이메일	bluepaperk@gmail.com
홈페이지	bluepaperk.com

ⓒ 김선희, 2023

ISBN 979-11-93509-00-5 03810

이 도서는 인천광역시와 (재)인천문화재단의 후원을 받아 '2023 예술창작지원사업'으로 선정되어 발간되었습니다. 저작권법에 따라 보호받는 저작물이므로 저작권자와 출판사의 허락 없이 복제하거나 다른 용도로 사용할 수 없습니다.

후원 인천광역시 인천문화재단

값 13,500원